中華書局

唐詩入門

程章燦——

著

自序

　　《唐詩入門》的寫作，是在 1990 年到 1991 年之間。那前後幾年，我有較多時間沉浸於唐詩的閱讀與研究之中，至今回想這段經歷，仍然充滿美好的回憶。大約 1990 年，供職於貴州人民出版社的老同學李立朴向我約稿，希望我寫一本關於唐詩的書，為普通讀者作一個比較全面的介紹。於是，我設計了一個框架，花了不到一年時間，寫了十來萬字，並於 1992 年在貴州人民出版社出版。此版開本不大，限於當時的物質條件，印製裝幀也不可能太講究，但出版以後，卻頗受讀者歡迎。我要借此機會，再次感謝李立朴兄。

　　2008 年，此書在鳳凰出版社出了新版，於是有了與更多讀者見面請教的機會。鳳凰版《唐詩入門》的開本較大，印數挺多，至於具體有多少印數，我也說不上來。近幾年，社會上對中華傳統文化的熱情高漲，對古典詩詞尤其是唐詩宋詞感興趣的讀者似乎越來越多，也許因為我這本小書的書名，符合一些讀者的期待，因此

賣得不錯。2016 年，本書還入選國家新聞出版署首屆「中華優秀傳統文化普及圖書」。隨後，中華書局（香港）有限公司又從鳳凰出版社獲得了中文繁體字的版權，讓本書有機會與香港以及境外讀者見面。為此，我要感謝鳳凰社的朋友們，特別是姜小青社長，當然也要感謝香港中華書局，特別是有關同仁。

讀唐詩，自然需要了解唐詩產生的那個時代。本書第一章《唐詩的繁榮及其因緣》，即致力於分析唐詩繁榮背後的諸重勝緣。第二章則將唐詩分為初唐、盛唐、中唐、晚唐四個階段，描述唐詩的發展及其流變。第三章《唐詩分類舉例及其風格特徵》，着重從題材和風格的角度，呈現唐詩的豐富性與多樣性。第四章《唐詩的體裁與格律》關注的是唐詩的形式，重點介紹唐詩中的古體、絕句、律詩和雜體詩。第五章圍繞唐詩的研究史，突出一些重要選本，並結合今人的研究成果，希望從閱讀與欣賞的角度，給讀者一些引導。

在具體寫作中，我有如下幾點考慮，讀者諸君幸勿忽之：

一、分析舉例，儘量結合名篇佳作，使讀者多接觸具體作品，增加感性認識。但本書畢竟不是唐詩選本，詩作涵蓋面有限，最多只能起嚮導作用，不可能面面俱到，羅列周全。

二、坊間各類詩選和鑒賞辭典甚多，多附有詩人小傳，本書對詩人生平略而不述，以節省篇幅。李、杜二大家，山高水長，談到他們在唐詩發展史上的貢獻和地位時，名篇之多，不勝枚舉，只好在其他部分盡力彌補，多引述李杜詩。這是不得已的變通和內部調劑。

三、目前有關唐詩選讀賞析的文章專書甚多，讀者自當參閱。本書於分析詩作，力求簡潔，點到即止，要言不煩。

四、唐詩題材類別很多，書中舉例，既是對唐詩題材內容的平面剖析，更可視作特殊序列的評點鑒賞舉例，期望舉一反三，觸類旁通。

五、本書對唐詩的介紹，如浮光掠影，似蜻蜓點水，難以究其深，窮其廣。雖然作者想在有限的空間內傳達盡可能多的信息量，又多引詩句為題，增強文章的可讀性，但是否差強人意，尚待裁判。

無論如何，此書算是我的少作，稚嫩之處在所不免。初稿既成，幸承學兄嚴傑先生通讀一過，匡我不逮，厚誼可感，謹誌於此。在鳳凰出版社出新版時，由於手頭雜事甚多，只匆匆看過一遍，對局部文字作了一些調整，個別地方補入一些材料，大的框架與基本觀點都與貴州人民出版社版本保持不變。此番在香港新版，也只對《前言》和第一章略作文字修訂，其他各部分基

本未改，深感心有餘而力不足。面對「少作」，一句句看下來，仿佛面對一個個舊我，似曾相識之餘，也免不了幾番感喟。

　　對自己寫的書，我似乎沒有自序的習慣，卻往往會寫一段後記，交代緣起。這次應香港中華書局之請，在卷前寫這幾段話，權當自序，恐怕未盡得體，讀者諒之。

程章燦
2018 年 3 月於南京大學

詩卷長留天地間

詩卷長留天地間

        ——杜甫：《送孔巢父謝病歸遊江東兼呈
李白》

    中國是詩歌的國度。

    中華民族是詩歌的民族，有敏銳的詩歌感覺、悠久
的詩歌傳統和豐富的詩歌創作。

    唐詩是這個詩歌國度的驕傲，是這個詩歌民族的自
豪。華夏文化的土壤中，綻放出唐詩這一美麗的花朵，
在人類文學大觀園中鮮豔奪目，熠熠生輝。

    不能忘記我們那些天才而勤奮的祖先們，他們以自
己的赤誠、熱情和敏感，向人們坦露了與大自然同樣廣
袤的胸襟；他們以自己的才華和智慧，向世界展現了漢

語言文字的豐富巧妙和獨特魅力;他們以自己的藝術創造,構築了一個意象的世界,一個心靈的世界,一個文化的世界,一個中國人的世界。

在這個世界裏,您可以看到長安宮殿巍峨聳立的雄姿;您可以聽到盛唐時人爽朗豪邁的笑聲;您可以跨越滔滔的江河、滾滾的黃沙,到遙遠的塞外,領略異域奇麗的風光;也可以隨着駿馬或者蹇驢,去追尋詩人踏訪山水的足跡,去尋找他們為應試問邊而風塵僕僕的身影。當然,您還可以經由唐詩,沉浸到中國人的內心幽微之處,貼近中國文化的情感,摸索民族詩歌的脈絡;也可以從中總結傳統文學的審美經驗,重新沐浴古典詩歌藝術的燦爛光輝。

唐詩中跳躍着中國文化的脈搏,湧動着中國人的熱血,穿越千載,直到當今。誦讀那些膾炙人口的名篇章,豈止可以感受心弦的震盪,還能體會情感的溫度。春意正濃時節,讀着「春眠不覺曉,處處聞啼鳥。夜來風雨聲,花落知多少」(孟浩然《春曉》);雨夜獨坐時分,讀着「君問歸期未有期,巴山夜雨漲秋池。何當共剪西窗燭,卻話巴山夜雨時」(李商隱《夜雨寄北》);安居樂業之日,讀着「烽火連三月,家書抵萬金」(杜甫《春望》)……這時,也許您會覺得,唐詩就像陪伴在身邊的親友,與您心心相印,帶您品嘗人生的滋味,體會生命

的珍貴。

「白日依山盡，黃河入海流。」一千多年過去了，太陽還像唐朝那樣，每天東升而西落；黃河還像唐朝那樣，一路高歌，流向大海。唐詩也還像唐朝那樣，傳誦於無數人之口。毫無疑問，後代的唐詩讀者，其數量遠遠多於唐朝。熱愛唐詩的人，不止遍佈中國，也散佈世界各地。存世的唐詩大約有五萬首，對於學者來說，這是厚重的一代詩歌文獻，是流逝的時間和榮華的見證。而對於絕大多數中國人來說，唐詩就是王之渙詩中的那條黃河，從他們心中滔滔流過，永不停息；唐詩就是王之渙詩中的那一輪白日，總是發出熾熱的光輝，照亮他們的人生，溫暖他們的心。

呈現在您面前的這冊小書，就是從這條黃河的奔流中掬取了幾瓢水，從這輪太陽的照耀中擷取了幾縷光，希望它能喚起您的好奇，引起您的興趣，使您像王之渙那樣，登高望遠，飽覽四方壯麗的景觀。

目錄

參、平生千萬篇，金薤垂琳琅
——唐詩分類舉例及其風格特徵

壹

文質相炳煥，眾星羅秋旻

——唐詩的繁榮及其因緣

群才屬休明，乘運共躍鱗。

文質相炳煥，眾星羅秋旻。

　　──李白：《古風》之一

　　當我們巡視漫漫三百年的唐代詩史，我們不能不為它的興盛繁榮而驚歎，而感動，──那多麼像繁星滿天的夜空！

　　在這遼遠的星空裏，我們發現了無數顆耀眼的星斗，它們燦爛的光輝曾經照亮過灰黯的歷史山河，曾經妝點過多少個冷寂的寒夜。王勃、陳子昂、王維、孟浩然、高適、岑參、王昌齡、李白、杜甫、白居易、韓

愈、李商隱、溫庭筠⋯⋯，他們是這三百年詩史的傑出代表，在他們背後屹立着兩千三百多人留下的大約五萬首詩篇 ——《全唐詩》，記錄了三百年的盛衰起伏和千萬人的心潮漲落。

後來人是多麼有福，可以沐浴這不滅的星光。一縷縷星光，就是一篇篇膾炙人口的佳製，就是一首首流傳千古的傑作，就是一句句銘心刻骨的記憶。「海內存知己，天涯若比鄰」（王勃《鄭杜少府之任蜀川》），那是對友誼多麼美好的珍重。「前不見古人，後不見來者。念天地之悠悠，獨愴然而涕下」（陳子昂《登幽州臺歌》），那是對時空多麼蒼茫的喟歎。「渭城朝雨浥輕塵，客舍青青柳色新。勸君更盡一杯酒，西出陽關無故人」（王維《送元二使安西》），那是對離別多麼深情的勸慰。⋯⋯在這三百多年間，無論五絕、七絕、五律、七律，還是雜言歌行、古體詩，在各種體裁樣式以及各類題材領域中，都雨後春筍般地湧現了難以計數的優秀作品。

上起帝王后妃、宰相公卿、刺史將軍，下到樵夫舟子、僮僕婢妾、道士僧尼、三教九流，乃至遠從日本、波斯、高麗等國來到大唐的外邦人士，在此前的詩史上，從來沒有見過陣容如此強大、數量如此眾多、流品如此龐雜的詩歌作者隊伍！這個隊伍中，出現了那麼多一代詩宗、開派祖師、大家名家，在此後的時代裏，在

其他國家，也都難得一見。

這些詩人，他們或者高蹈退守，高唱隱逸，陶然自樂於田園山水的自然風光；或者熱烈進取，追求功業，在對邊塞瑰異的風光的歌頌中，肯定自己積極入世的人生態度；或者吟唱友誼的溫暖與愛情的甜美；或者感歎人生的艱難和宦海的險惡。風雲氣慨，兒女情長，慷慨悲壯，旖旎清狂，內容既豐富廣泛，風格亦多姿多彩。謫仙李白的雄奇奔放，詩聖杜甫的沉鬱頓挫，白居易的通俗流暢，李賀的幽冷苦僻，李商隱的瑰麗精工，杜牧的清爽俊美……無不在詩作中自創一格，在詩壇上獨樹一幟，在詩史上自領一軍。群星爭輝，諸派並流，這樣生機勃勃氣象萬千的局面，在古典詩史上是空前的，也幾乎是絕後的。

唐詩無體不備，無體不工，它在藝術上取得的成就，也是有目共睹的。無論是詞藻聲律，還是篇章結構，唐詩都給人以有益的啟迪。唐詩這個藝術寶庫，借用蘇軾在《赤壁賦》中的話來說，正如「江上之清風，與山間之明月」，「耳得之而為聲，目遇之而成色，取之無禁，用之不竭」。自唐朝人選唐詩以來，歷代唐詩選本難以計數，存留至今的仍有數百種之多。它們或者專選一家，或者偏錄一體，或者選擇某一階段的詩作，或者遍擷三百年詩苑的英華，對不同時代、不同讀者產生了

不同的影響。俗語說，「熟讀唐詩三百首，不會寫詩也會吟」。確實，唐詩是古典詩歌創作的主要典範，即使後來以其獨具的風貌而成為唐詩之對立面並在中國詩歌史及文學批評史上引起一場「唐宋詩之爭」的宋詩，也是從學唐變唐開始邁步，才走出了一條屬於自己的道路。在唐詩面前，宋詩需要證明自己；而在宋詩面前，唐詩則無須自我證明：中國古典詩歌的發展頂峰，非唐詩莫屬。

這一觀點看來是無可置疑的。對此，現代大文豪魯迅先生也不能不感歎：好詩已被唐人作完了。確實，唐詩中的好詩太多了，讓人目不暇接；唐代著名的詩人太多了，令人指不勝屈。

唐詩繁榮的主要原因，是唐代總體上國力強盛，政治開明，經濟增長，社會富庶，從而促進了文化的繁榮，並為唐詩發展奠定了良好的基礎。唐朝處於我國封建社會的上升階段，這個在隋末農民戰爭之後建立起來的新政權，吸取前朝覆亡的歷史教訓，為了保證政權的長治久安，自覺調整了生產關係和經濟結構，使之能在較為合理的體系裏，在較為健康的軌道上發展。經過這一番調整，社會矛盾有所緩解。在政治上，唐朝統治者實行了比較開明的政策，於是整個社會呈現出開放流動的態勢。安史之亂前的一百多年，在唐朝歷史上是穩步上升的時期。安史之亂以後，唐朝的國勢基本上是在走

下坡路，但士人們仍然懷着中興的希望，渴望建功立業，唐王朝也仍然維持着一個昔日大國的框架。即使是在晚唐衰颯之世，士人們也沒有因遭受文字獄之類的誣陷迫害而噤若寒蟬。呼吸着唐朝這種比較寬鬆、開放、自由的政治空氣，他們踏上仕途，走向疆場，前往僻遠的國土，或者遁入安靜的園林。他們不像某些南朝詩人那樣胸懷狹小，眼光局促，四肢羸弱，他們有的是強壯的體魄和同樣強健的心理。為了謀生求職，為了博取功名，建不朽之大業，他們四處奔波。五湖四海，名山大川，塞外邊疆，佈滿詩人的足跡。他們的胸襟隨着眼界的開闊越加敞亮放達；他們的精神隨着人生閱歷的豐富而更其雄渾深沉。他們的胸中筆下，沒有多少人為的禁區，他們的歌唱充滿了歡樂或憂傷，他們的旋律迴旋着高亢或低昂。總之，強盛的國力、開放的政治、開闊的生活空間，使士人增添了自信心，給他們提供了更複雜的人生體驗，也向他們敞開了更廣闊的題材和內容的世界。

這些，自然是觸動詩人靈感的一個契機，也是詩人進行藝術創造的力量源泉之一。然而，唐朝並不是每一個階段都生機盎然、充滿希望，並不是所有士人都有強烈的進取意向，也不是每一位士人心裏都無一例外受到強盛國勢的鼓舞，並將其無保留地反映於詩歌創作之

中。反過來說，在中國歷史的其他階段，也不是沒有過隆盛昌明的時代，那些時代也有較好的文化基礎，為什麼古典詩歌的頂峰只出現於唐代而不是其它時代呢？不妨從以下幾個方面來作一些分析。

首先，唐朝是中國歷史上一個很特殊的時代，經歷了從五胡十六國的割據混戰到南北朝對峙分立的歷時三百多年的分裂之後，中國在隋唐時代再一次建立了大一統的王朝。在歷史上，隋雖然是個短命的朝代，但由這一政權開始的南北文化融合的潮流，並沒有因為政權的傾覆而稍有減緩。相反，這種文化融合的步伐在唐代加快了。《隋書・儒林傳序》說南北方經學的差異在於「南人約簡，得其精華；北學深蕪，窮其枝葉」。《隋書・文學傳論》也談到了南北文風的不同，那就是：「江左宮商發越，貴於清綺；河朔詞義貞剛，重乎氣質。氣質則理勝其詞，清綺則文過其意。理深者便於時用，文華者宜於吟歌。」《隋書》修撰於唐初。當時人清醒地意識到南北文化的不同風格，並自覺地在大一統的政治格局裏，融合南北文化的長處。在詩歌創作中，唐人既吸收南朝詩歌創作在聲律辭采方面積累的豐富經驗，又融匯北方詩人的貞剛氣質，從而創造出了唐詩獨特的風貌。顯然，作為一個軍事政治上相當強大、經濟生產上亦高度發展的統一政權，唐朝的文化基礎比前此各個朝代更

加雄厚、廣泛。政治的寬鬆和經濟的高漲對應着文化藝術事業的蓬勃發展，而文化藝術事業的興旺發達又促進了詩歌創作高潮的到來。政治、經濟和文化的背景是一個直接的原因，但來自其他方面的間接影響，也是不可忽視的。

其次，從五胡十六國到北朝一直進行着的民族大融合在隋唐時代仍在繼續。在這數百年的歷史進程中，邊疆少數民族分期分批大量進入內地定居並繁衍生息，他們與漢族政權與漢族人民之間有摩擦，有衝突，甚至發生了流血戰爭，但各族人民之間的交流融合、相互學習是更主要的。這一交流融匯的最大成果，便是統一的唐王朝的建立。唐朝皇室的血脈中，就流淌着胡人的血。在不止一個意義上，唐朝的建立可以說是對民族大融合的肯定。在處理與邊疆少數民族的關係時，唐王朝制定並執行了比較正確的民族政策，流傳至今的文成公主和松贊干布的故事，便是這種民族政策的一個象徵。民族大融合不僅增進了各族人民之間的友誼和團結，豐富了人們的物質和精神文化生活，而且給中國文化注入了新鮮的血液，增添了朝氣蓬勃的力量。在這個過程中，一些狹隘的觀念被打破了，一些陳腐的偏見被拋棄了。國土和疆域在民族融合中向外拓展，優秀的漢族文化在民族融合中向遠方傳播，詩人的視野和胸懷隨着民族大融

合而更加開闊。

　　第三，作為東方文明古國和當時世界上最強盛的政權之一，唐朝還和域外許多國家保持着密切的外交關係和頻繁的文化交流。僅一衣帶水的東鄰日本，多次派遣遣唐使來華學習。他們把漢語詩歌的創作技巧和藝術典範帶回日本，擴散着漢詩和漢文化的影響。身後被追封為弘法大師的日本僧人遍照金剛（774—835），九世紀初曾入唐留學三年，與中國僧人與詩人多有往來。他回國時，攜帶崔融《唐朝新定詩格》、王昌齡《詩格》、元兢《詩髓腦》、皎然《詩式》等詩學著作，並在這些書的基礎上，編纂成一部《文鏡祕府論》，其中大量篇幅都是講述詩歌創作理論以及聲律、詞藻、典故、對偶等形式技巧問題，為唐詩學東傳作出了巨大貢獻。在這種文化交流中，唐朝士人和外邦人士建立了深厚的友誼，他們的生活也因此變得更豐富多彩，他們的歌詠也增加了一些新的題材。

　　第四，在中國思想史上，唐代以相容並蓄、活躍開放而著稱。雖然當時對儒、道、釋三教的抑揚不盡一致，雖然在唐武宗（841－846）時期也曾經發生過短暫的排佛事件，但總的來說，終唐一代，儒、道、釋三教一直是並存不悖的。唐朝統治者既大力提倡儒學，因為它是中國封建社會的正統思想體系；又極力弘揚道教，

因為據說道家的創始人之一的李耳是李唐王室的先祖；佛教也並不因其是異域的舶來之物而受排擠。相反，佛學在唐代頗為興旺發達，出現了各種宗派，其中禪宗一支對文學影響最大。儒道釋三教並存而且融合的思想界現狀，投射到士人的心理狀態上，表現為外儒內道，或者亦儒亦釋。前者如眾所周知的詩仙李白；後者在人稱「詩佛」的王維身上表現得尤為顯著。這種思想格局使唐人在人生態度上既注重事功，立志創業；又能胸次淡然，優遊不迫。另外，這種比較寬容自由的思想政策也使詩人在創作中較少束縛，基本上可以暢抒心懷；詩歌作品在流傳過程中也不會遇到太大的政治阻力。駱賓王寫《代李敬業傳檄天下文》，歷數武則天種種罪惡，罵她「蛾眉不肯讓人」，「狐媚偏能惑主」，「近狎邪僻，殘害忠良，殺姊屠兄，弒君鴆母」，「包藏禍心，窺竊神器」，用了好些惡毒的詈詞，武則天看後，非但沒有勃然大怒，反而頗為欣賞其文才，為不得其人用之而感到遺憾。同樣，在詩歌創作中，白居易《長恨歌》開篇即云：「漢皇重色思傾國」，雖則易唐以漢，多了一層遮掩的幕布，其為譏刺當世之事仍是一目了然的。這一詩篇在當時廣為傳誦，白居易沒有因此而得罪當政，宣宗皇帝反而對其人其詩大加讚賞。這種寬容的政治環境和寬鬆的社會氣氛，君主的右文風氣以及當政者對詩文的贊助，都是推

動唐詩高潮出現的波浪。

此外，唐代實行的以詩賦取士的科舉制度，對唐詩的繁榮也有舉足輕重的影響。魏晉南北朝時代的世族門閥經過梁末侯景之亂和隋末農民戰爭的摧毀打擊，在唐代已經不能繼續把持政權，在政治舞臺上出現了靠科舉進身的寒士階層。這一階層中有學識有才幹的人才，通過科舉考試脫穎而出，充實到國家機器的各級機構中，從而打破了門閥世族壟斷政權的局面。這一人才選拔制度的改變，鞏固了唐政權的統治基礎。難怪唐太宗看到新進士一排排魚貫而出，高興得眉開眼笑，發出欣慰的感歎：「天下英雄盡入吾彀中矣！」而更多寒士因之有了入仕的機會，寒士階層從此成為社會政治生活中一支新鮮的、不可忽視的重要力量。他們為了在科舉考試中能夠一舉成功、一鳴驚人，刻苦用功，廣泛涉獵。

在科舉考試各科中，唐代人最看重的是進士科。唐代進士科開始於高宗永隆元年（680）或二年（681），中宗神龍（705－707）以後才成為定制，初試「雜文」，到玄宗開元（713－741）、天寶（742－756）之間，才改為專試詩賦。眾所周知，在專試詩賦之前，唐代詩壇早已喧騰起來了。從某種意義上說，詩賦取士成為定制正是初唐以來詩歌繁榮和人們普遍重視詩歌的歷史趨勢的必然結果，它又反過來推動了唐詩的發展。科舉考試

中所測驗的詩體，一般都是六韻或八韻的五言律詩，這對於唐代五律詩體形式的定型和完善起了積極的推動作用。在唐代各個詩體中，五律的數量最多，部分原因即在於此。誠然，五律中層見迭出的名篇佳作，大多數並不是產生於科舉考場，但是士人的詩歌創作技巧，從音律、設辭到構思立意，卻無一不在為準備科舉考試而進行的練習中得到了培養和磨練。科舉考試限時、限題、限韻、限詩體，拘束多多，詩人們難以自由發揚才思，揮灑性靈，寫出得意之作。詩人祖詠到長安應試，按照考場上的規定，他應該寫一首五言六韻的律詩，祖詠寫了四句，便覺題意已盡，不想畫蛇添足，就以四句交卷。這當然是不合格式的詩作，那一年，他沒能及第，這結果也並不令人意外。然而，流傳至今的唐詩名篇《終南望餘雪》也就這樣誕生了：

終南陰嶺秀，積雪浮雲端。林表明霽色，城中增暮寒。

　　幸虧詩人當時沒有屈從科舉試帖詩體的刻板規定，否則，這首被清代詩家王士禎《漁洋詩話》卷上譽為古今詠雪最佳詩篇之一的作品恐怕就不會面世了。由於這個原因，《全唐詩》中收錄的試帖詩的數量雖然不算特別少，卻沒有很多情意詞采俱佳的作品。錢起的《省試湘

靈鼓瑟》是其中難得的一篇好詩，長期以來，它被人們
視為試帖詩中的出類拔萃之作：

善鼓雲和瑟，常聞帝子靈。馮夷空自舞，楚客不堪聽。
苦調凄金石，清音入杳冥。蒼梧來怨慕，白芷動芳馨。
流水傳湘浦，悲風過洞庭。曲終人不見，江上數峰青。

試帖詩特別講究形式，講究細節，這一首詩中「不」字
兩見，如果吹毛求疵，也許可以說是白璧微瑕。不過，
這樣水準的試帖詩已經算鳳毛麟角了。

　　詩賦取士對於唐詩繁榮的促進作用，主要表現在由
此造成的全社會愛詩重詩的社會風尚，進而帶來詩歌藝
術的普及以及在普及基礎上的提高。宋代詩論家嚴羽在
《滄浪詩話·詩評》中曾經說過：「或問唐詩何以勝我朝？
唐以詩取士，故多專門之學，我朝之詩所以不及也。」
唐詩勝於宋詩的原因是不是確如嚴羽所言，這裏暫不作
辨析，可以確定的是，在唐代，詩的確成為許多士人的
專門之學，他們以詩唱酬，以詩贈別，用詩干謁求進，
也用詩調笑詼諧。在艱險坎坷的征途中，詩可以作為詩
人的通行證。有一次，詩人李涉路過九江，途中遇劫，
當劫賊頭目得知他就是詩名遠揚的李博士時，當即表示
只要他題詩一首，即可歸還行李，放他過去。在人生危

急的緊要關頭，詩可能成為詩人的護身符。郭震就是靠他的《古劍篇》而免遭罪罰，並因此受到武則天的賞識、重用。面對紛擾的社會和生活，詩有時是他們的身份證。唐德宗下詔晉升韓翃，當時恰好有兩個韓翃，於是德宗御批，任命那個寫了「春城無處不飛花，寒食東風御柳斜。日暮漢宮傳蠟燭，輕煙散入五侯家」（《寒食》）的詩人韓翃。杜牧在《登池州九峰樓寄張祜詩》中說：「千首詩輕萬戶侯」。可見，詩人在當時是一個崇高的徽號，詩歌在當時擁有高尚的地位。李白初到長安，賀知章一見，就驚呼為「謫仙人」，稱讚他的詩可以驚天地，泣鬼神，這是多麼高的讚譽。中唐詩人顧況是白居易的前輩，一開始，他並不了解白居易，看到白居易的名字，就警告他長安米貴，居住下來可不那麼容易。及至讀了白居易《賦得古原草送別》中的「野火燒不盡，春風吹又生」等佳句，他連忙改口說，能寫出這樣好的詩句來，在長安生活應該沒啥困難。甚至於在北里風塵之地，一個相貌平平的歌妓，可以為有文才能作詩而驕傲自豪，其身價也可以高過姿色上乘而詩才全無的同伴。

　　傳說中的盛唐時代三大詩人旗亭畫壁的故事，更足以證明詩歌流傳在當時如何普遍，以及詩人本身對詩名又是如何重視。據唐人薛用弱《集異記》記載，玄宗開元某年某月的某一天，王昌齡、王之渙、高適這三位當

時並享盛名的詩人來到旗亭買酒小飲。過了一會兒，來了四個妙齡歌妓，她們一起奏樂演唱，為詩人們助興。這三位詩人平日裏經常為排不定詩名座次而爭執不休，此刻面對歌妓，彼此約定：且聽歌妓所唱歌中誰寫的詩最多，以決勝負。第一個歌妓開口唱道：「寒雨連江夜入吳，平明送客楚山孤。洛陽親友如相問，一片冰心在玉壺。」這是王昌齡的《芙蓉樓送辛漸》，王昌齡伸出手來，在旗亭壁上畫了一道記號，表示唱了他的一首絕句。接着，又一個歌妓上前唱道：「開篋淚沾臆，見君前日書。夜臺何寂寞，猶是子雲居。」這是高適《哭單父梁九少府》中的一首。高適也伸手在壁上畫了一道，表示也有一首絕句被唱到了。第三個歌妓又接着唱起來：「奉帚平明金殿開，且將團扇共徘徊。玉顏不及寒鴉色，猶帶昭陽日影來」。唱的又是王昌齡的詩，是《長信秋詞五首》中的一篇。王昌齡得意地伸出手來，在牆壁上又畫了一道。這個時候，王之渙有點坐不住了。四個歌妓中只有長得最漂亮的那一位還沒有唱過，王之渙頗不服氣地指着她說道：「待她開口唱時，假如還不是我的詩，那我這輩子再也不敢跟你們倆爭詩名了；如果她唱的是我的詩，你們倆都得給我跪下，拜我為師。」三個詩人說笑着，一邊喝酒，一邊等待。過了一陣，那漂亮的歌妓終於開口了：「黃河遠上白雲間，一片孤城萬仞山。羌笛何須怨

楊柳，春風不度玉門關」。果然是王之渙的詩，就是那一首著名的《涼州詞》。王之渙得意洋洋地對王昌齡和高適說：「你們這兩個鄉巴佬，我可沒胡說吧。」於是三位詩人一起哈哈大笑。這則故事的細節真實程度怎麼樣，其實是無關緊要的，重要的是，我們可以從中看到唐代社會重詩愛詩的風尚。甚至可以說，唐人生活中充滿了詩，他們的生活是一種詩的生活。

對於企圖靠科舉入仕的士人來說，情形尤其是如此。唐代實行科舉取士制度，既不像魏晉南北朝門閥世族政治時代由豪強大姓操縱選舉，也不像宋代以後對試卷採取糊名的方法，嚴格封堵考官與考生拉關係走門路的可能性。在唐代，一個舉子要想被錄選，試卷上答得好倒在其次，事先在社會上為自己製造聲譽，請達官名人為自己延譽推薦，往往更關鍵、更重要。為自己提高知名度最常用也最有效的一個方法，就是將自己最精彩最得意的詩文作品抄成一個卷子，送給權貴或名流，希冀被其發現，受到賞識，龍門一登，身價百倍。這就是唐代科舉考試史上所特有的進士行卷現象。為了引人注目，先聲奪人，他們常常把自己認為寫得最好的詩文作品放在卷子的最前面。相傳白居易初到京師應舉，去拜謁詩壇前輩、著作郎顧況時，就把得意之作《賦得古原草送別》放在獻給顧況的行卷的第一篇。更有意思的是，

有些人甚至冒用別人的詩文卷子，企圖瞞天過海達到目的。從這類事實中也可以看出，當時行卷風氣是多麼盛行。明代學者胡震亨在《唐音癸籤》卷二七說：

唐試士初重策，兼重經。後乃觭重詩賦。中葉後，人主至親為披閱，翹足吟詠所撰，歎惜移時。或復微行，詻訪名譽，袖納行卷，予階緣。士益競趨名場，殫工韻律，詩之日盛，尤其一大關鍵。

胡震亨看出了詩賦取士對於唐詩繁榮的刺激作用的一個方面，還有一個重要方面他卻忽略了，那就是與進士行卷之風不無聯繫的唐代士人的漫遊風習。為了向權貴名流投贄行卷，或者為了尋找出路或者別的事由，士人不得不遊歷四方。很多詩人都有這種漫遊的經驗。

我本楚狂人，鳳歌笑孔丘。手持綠玉杖，朝別黃鶴樓。五嶽尋仙不辭遠，一生好入名山遊。
　　　　　—— 李白：《廬山寄盧侍御虛舟》

二十解書劍，西遊長安城。舉頭望君門，屈指取公卿。……歸來洛陽無負郭，東過梁宋非吾土。
　　　　　—— 高適：《別韋參軍》

騎驢十三載，旅食京華春。朝扣富兒門，暮隨肥馬塵。
殘杯與冷炙，到處潛悲辛。……甚愧丈人厚，甚知丈人
真。每於百僚上，猥誦佳句新。

—— 杜甫：《奉贈韋左丞丈二十二韻》

江漢曾為客，相逢每醉還。浮雲一別後，流水十年間。

—— 韋應物：《淮上喜會梁州故人》

　　在漫遊各地的旅途中，詩人們得到了權貴名流的
揄揚引薦，聲名廣為傳播。文朋詩友往來唱酬，相互切
磋，詩藝明顯長進。同時，他們還遊歷了名山大川，觀
賞了各地的古跡名勝。「登高壯觀天地間，大江茫茫去不
還。黃雲萬里動風色，白波九道流雪山。」（《廬山謠寄
盧侍御虛舟》）氣勢因之豪邁，心胸為之曠達。在漫遊
中，他們廣泛接觸社會各階層，日益了解現實生活的豐
富性和複雜性，也比較能夠體會民生疾苦，抒寫現實，
直面人生。唐詩所涉及的現實生活面之廣泛。以及詩中
所體現出來的詩人對於現實人生持久關注的熱情，可以
說都與士人這一生活經歷不無關係。此外，科舉制度中
座師與門生之間的親近關係，同年之間的贈答唱和，對
某一時期詩風或某個流派的形成，也有一定的影響。

　　然而，以上所有這些，對於唐詩的發展來說，都

只是外部條件，只是外因，外因只有通過內因才能對事物發生作用。就唐詩來說，如果沒有眾多詩人的共同努力，如果沒有唐詩自身在文學藝術方面的深厚傳統和堅實基礎，那麼，唐詩的繁榮可能只是水中花、鏡中月，是幻象和泡影。

　　繁榮的唐代詩歌，繼承了一個極其深厚的文學藝術傳統。中國詩歌發展到唐代，即使從第一部詩歌總集《詩經》算起（事實上，中國詩史在《詩經》之前即已起步），也已經有一千七百餘年的歷史了。《詩經》、《楚辭》、先秦諸子散文、漢樂府、漢末文人五言詩、兩漢騈辭大賦、六朝抒情小賦、魏晉南北朝樂府民歌、齊梁新體詩等等，都為唐詩的成長提供了各式各樣的營養。古典詩歌的各種體裁到唐代相繼登臺，展露風姿。古體詩經過唐人的改造，別開生面，煥然一新。五七言絕句形式日漸精緻完美，五七言律詩到沈佺期、宋之問之時也已基本定型。各種詩體為唐人表情達意提供了各自不同的便利，如古風、歌行、長篇排律宜於揮灑情思，淋漓酣暢地進行鋪寫。在唐代，以《詩經》為傑出代表的四言詩體早已衰落不振；以楚辭為代表的騷體作品也度過了自己的輝煌時代；以四六言句式為主體的六朝抒情小賦到南朝時已呈現出顯著的詩化趨勢，逐漸向詩靠攏，被詩所同化，到了唐代，它便拱手讓出了原先在文學世界佔

據的大面積地盤；代之而起的唐代律賦已失去了賦體昔日那種煊赫的聲勢和奪目的光芒。與此同時，以五七言為主的近體詩方興未艾，正有着無限光明遠大的前程。這是同時代的其他文體所不能比擬的。

清代詩人趙翼在《論詩》詩中說：「江山代有才人出，各領風騷數百年。」在唐代文學領域裏，詩人可以說是獨佔風騷的。各種詩體爭奇鬥妍，各類題材的名篇不一而足。前代作家在創作上積累了豐富的經驗，也留下了許多值得吸取的教訓，使唐代詩人得以在藝術上少走一些彎路，更快地成熟起來。近體詩格律的演進與確定就是這樣的一個例子。魏晉南北朝人在聲律方面所作的艱苦探索，有篳路藍縷之功。南齊永明以後，沈約、謝朓、王融等人在創作中自覺講究聲律，並總結出了所謂「四聲八病」的理論，同時開展了新體詩的創作試驗。「椎輪為大輅之始」，他們的理論與實踐雖然在後人看來還相當淺顯粗陋，卻有力地推動了中國古典詩歌沿着格律化的道路逐步前行。在魏晉南北朝時代開始的這項文學事業，終於在唐人手裏勝利完成了。近體詩第一次成為中國詩壇的主角，中國詩壇也第一次擁有了音韻鏗鏘聲律諧美的格律詩。這是唐代對中國詩史的一個突出貢獻。唐人利用這一新興的詩體大力開拓題材空間，深刻挖掘題意內涵。他們的筆下，流出了諸多佳作，促成了

唐詩的繁榮。

　　對不善於去粗取精沙裏淘金的人來說，悠久的文化傳統和豐厚的文學遺產有時並非好事。傳統和遺產有時反而成為他們的心理負擔，成為前進的阻力。在這個方面，唐人也為我們樹立了良好的榜樣。從這個意義上可以說，唐詩的繁榮正是善於發揚文學傳統和繼承文學遺產的結果。雖然蘇軾在《潮州韓文公廟碑》中高聲讚揚韓愈「文起八代之衰」，雖然韓愈本人在《薦士》詩中也宣稱「齊梁及陳隋，眾作等蟬噪」，但是，事實上，韓愈對包括齊梁在內的前代文學遺產是很注意繼承、學習的。儘管李白公開表示「自從建安來，綺麗不足珍」（《古風》其一），但是，事實上，他卻曾經大量擬作《文選》中的詩賦作品，非常刻苦地向六朝詩歌學習，通過擬學前賢，提高自己。難怪杜甫說，「李侯有佳句，往往似陰鏗」（杜甫：《與李十二白同尋范十隱居》），又說李白的詩句猶如「清新庾開府，俊逸鮑參軍」（杜甫：《春日憶李白》）。總之，漢魏風骨、齊梁聲律都被唐人巧妙地融合吸收。杜甫在《戲為六絕句》之六中嚴肅地表達了他對於文化傳統和文學遺產的態度：「別裁偽體親風雅，轉益多師是汝師。」「別裁偽體」是揚棄，是批判，「轉益多師」是吸收，是認同。在去取之間，唐人既不夜郎自大，也不妄自菲薄，而是實事求是，努力在繼承中創

造，在學習中突破前人，發現自我，超越自我。他們從不輕易滿足，固步自封，而是不斷追求新的藝術境界，為此不惜拋盡心力。「為人性僻耽佳句，語不驚人死不休」（杜甫：《江上值水如海勢聊短述》）。「意匠慘澹經營中」（杜甫：《丹青行贈曹將軍霸》）。詩聖的名言道出了許多唐代詩人的共同心曲。唐詩的繁榮局面能夠持續三百多年之久，雖然我們也不否認其間有高潮和低谷的區別，沒有詩人對詩歌藝術一絲不苟的忠誠和持之以恆的獻身精神，是不可想像的。

總而言之，唐詩的繁榮有多方面的表現，也有多方面的因緣。這些因緣缺一不可。唐詩之所以成為唐詩，換言之，唐詩作為唐代的代表性文學，其文學特質、總體格局及整體風貌的形成，是上述諸種因素綜合作用的結果。我們很難斷言哪一個因素絕對是最為重要的，有時，我們甚至難以確認唐詩的某一特徵具體是由哪一個因素決定的，但這些並不妨礙我們從宏觀上把握唐詩繁榮的政治環境、經濟背景以及思想文化與文學基礎。歷史進程蜿蜒曲折，不以人的主觀意志為轉移，也不以某種政治力量或某一經濟因素的意志為轉移。恩格斯在1890 年 9 月 21 日－22 日致約瑟夫‧布洛赫的信中曾經說過，歷史的「最終的結果總是從許多單個的意志的相互衝突中產生出來的……這樣就有無數互相交錯的力

量，有無數個力的平行四邊形，而由此就產生出一個總的結果，即歷史事件。」對於導致唐詩繁榮的上述諸種原因，我們也可以也應該遵循這個思路來理解，切忌呆板化、教條化。前人及當代學者就此提出過很多很好的見解，仁者見仁，智者見智，都有助於我們觀察唐詩這座凸現於 7－10 世紀間的中國大地上的文學藝術高峰的不同面相。

「溫故而知新，可以為師矣」（《論語‧為政篇》）。今天，回顧這段燦爛光輝的詩史，思考其所以產生的種種因緣，我們的用意不僅在於從歷史中獲得驕傲和自豪，受到美的滋潤和愛的薰染，我們的目標更指向現實和未來，我們更需要面對的是歷史帶給我們的省思和鞭策。

貳

別裁偽體親風雅，轉益多師是汝師

——唐詩的發展及其流變

別裁偽體親風雅，

轉益多師是汝師。

—— 杜甫《戲為六絕句》之六

　　如果把唐詩比作一座綿亘三百多年歷史里程的群山，那麼，這座群山裏顯然有主峰，有峽谷，有叢林，有幽壑，有芳草如茵的綠野，也有崎嶇陡峭的蹊徑。它們一起組成了群山的蜿蜒曲折和巍峨壯麗的景象。

　　對於唐詩的發展和流變，這本小書勢必不能作詳細而全面的介紹，在這裏，我們只能對唐詩的發展史作一種鳥瞰式的敍述。這種敍述自然難免粗略，難免掛一漏

萬，但我們期望能夠勾畫出一個輪廓，把詩人和詩篇的一個個散點貫串成一條依稀可尋的脈絡。

為了便於對唐代詩史進行宏觀把握，有必要對其進行歷史分期。關於唐詩的分期，前人已有諸種不同的說法，其中影響最大也較為通行的是宋人嚴羽在《滄浪詩話》中首先提出、明人高棅續加闡發的初、盛、中、晚「四唐說」。高棅在《唐詩品彙·總敘》中開門見山地說：

有唐三百年詩，眾體備矣。故有往體、近體、長短篇、五七言律句、絕句等製，莫不興於始，成於中，流於變，而陵之於終。至於聲律、興象、文詞、理致，各有品格高下之不同。略而言之，則有初唐、盛唐、中唐、晚唐之不同。詳而分之：貞觀、永徽之時，虞、魏諸公稍離舊習，王、楊、盧、駱因加美麗，劉希夷有閨帷之作，上官儀有婉媚之體，此初唐之始製也。神龍以還，泊開元初，陳子昂古風雅正，李巨山文章宿老，沈、宋之新聲，蘇、張之大手筆，此初唐之漸盛也。開元、天寶間，則有李翰林之飄逸，杜工部之沉鬱，孟襄陽之清雅，王右丞之精緻，儲光羲之真率，王昌齡之聲俊，高適、岑參之悲壯，李頎、常建之超凡，此盛唐之盛者也。大曆、貞元中，則有韋蘇州之雅淡，劉隨州之閒曠，錢、郎之清贍，皇甫之沖秀，秦公緒之山林，李從一之臺閣，此

中唐之再盛也。下暨元和之際，則有柳愚溪之超然復古，韓昌黎之博大其詞，張、王樂府得其故實，元、白序事務在分明，與夫李賀、盧仝之鬼怪，孟郊、賈島之飢寒，此晚唐之變也。降而開成以後，則有杜牧之之豪縱，溫飛卿之綺靡，李義山之隱僻，許用晦之偶對。他若劉滄、馬戴、李頻、李群玉輩，尚能黽勉氣格，將邁時流，此晚唐變態之極，而遺風餘韻猶有存者焉。

我們之所以不厭其煩地將這一大段文字抄錄如上，是因為它是一篇簡明扼要、條理井然的唐詩小史。雖然對於其中的分期以及詩人風格的品評，後人提出過不少補充或修正意見，我們仍然打算以此為綱，分初唐、盛唐、中唐、晚唐四個單元，來展開敘述。

首先需要說明：我們所說的初唐是從唐王朝建國到玄宗即位（618—712），共 94 年；盛唐從玄宗開元元年到代宗即位（712—762），共 50 年；中唐從代宗寶應元年到敬宗即位（762—825），計 63 年；晚唐從敬宗寶曆元年到唐亡（825—906），計 81 年。五代（907—960）按慣例附在晚唐之後。在很大程度上，這種分法兼顧了政治史和文學史兩方面的情況。實際上，文學史的發展固然有其階段性，但是，各階段之間又有很大連續性、繼承性和複雜性：就詩史整體而言，從前一階段到後一

階段往往是逐漸過渡變化的；就詩人個體而言，他又經常處於兩個時期的交叉結合部。因此，在具體描述時必須作些變通，一概而論，恐怕不免削足適履。

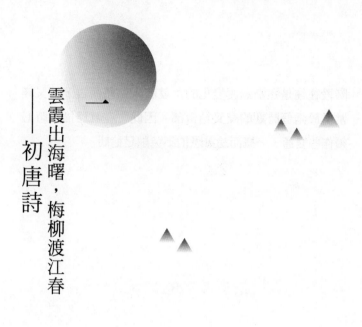

一

雲霞出海曙，梅柳渡江春

——初唐詩

雲霞出海曙，

梅柳渡江春。

——杜審言《和晉陵陸丞早春遊望》

　　初唐詩的發展呈現出明顯的階段性。從唐朝立國到高宗即位之前的 31 年（618—649），可以看作初唐詩發展的第一期。這 31 年中，唐太宗時代就佔去了 22 年。因此，有人就把詩史上的這一時期概稱為貞觀詩壇。唐高宗即位後不久（655），就立武則天為皇后，從 7 世紀60 年代直到 8 世紀初，唐代社會主要處於武則天權威的籠罩之下，因此，初唐詩發展的第二期又可以簡稱為武

后中宗詩壇。

　　初唐詩壇欲求得突破和發展，從而形成自己獨特的面貌，其所面臨的最大阻礙是來自南朝文學的濃重陰翳的影響。隋文帝滅陳而統一全國，政治意義上的南朝消失了，但在文化和文學層面，南朝仍然通過服務於新朝的那些文臣詩人以及他們的詩文作品，對整個隋代及初唐的文壇產生着影響。一方面，南朝詩歌在形式上已經形成了調聲協律用事藻飾的風尚，為初唐詩人提供了有益的借鑒；另一方面，梁陳宮廷詩熱衷於描寫淫豔的題材，追逐聲色等感官刺激，以特殊的觀賞物體的眼光，津津樂道地描繪美人的體態及服飾、鞋襪之類的物品，令人懷疑他們是否有「戀物癖」。這種豔情文學彌漫着頹靡的氣息。詩歌成為淫靡生活的點綴，甚至直接構成淫靡生活的不可缺少的一部分。從正統的眼光來看，這也許應該說是詩的墮落，是詩的不幸，但是，這種用華美辭藻巧妙地裝飾起來的豔情文學，對於生活在富麗堂皇的環境裏優裕悠閑的宮廷詩人來說，仍然有着美麗的魅惑。唐初宮廷詩人雖然沒有完全拒絕南朝宮廷文學的影響，但卻不同程度地抵禦了這種美麗「毒素」的侵染。貞觀時代圍繞在唐太宗李世民周圍的一批宮廷詩人，如虞世南、褚遂良、歐陽詢、李百藥等人，他們的創作明顯帶着一些南朝宮廷詩歌豔麗雕飾的痕跡，但從整體上

說，他們在詩歌創作中已經試圖擴大題材範圍，淡化宮
體詩中的淫豔輕佻成分。與南朝宮廷詩歌相比，不可否
認，他們的詩風顯得比較雅正一些。他們詩中那種雍容
莊重的氣度，反映了那個猶如旭日噴薄東升充滿希望的
時代，體現了新朝的盛大氣象和強健體質。這與南朝宮
廷中所彌漫的那種綺靡頹廢的氣息是不可同日而語的。

　　貞觀時代的政治領袖唐太宗李世民也作為詩人之一
參預了貞觀詩壇的活動。雖然他的精力和才華更多地用
在安邦治國方面，但他「萬機之暇，遊息藝文」（《帝京
篇序》），經常揮筆賦詠，並命群臣同作。《帝京篇》十
首曾被稱為「藻贍精華」的傑作，這也許有些過譽，但
其中「秦川雄帝宅，函谷壯皇居」二句，確實非同凡響，
具見王者氣象。唐太宗對於詩歌的提倡，無疑有效地推
動唐初詩歌打開創作局面。正是在這一逐漸豐富的進程
中，初唐詩壇擺脫了南朝宮廷詩風夢魘般的糾纏，走上
一條清新的成長道路，從而為有唐一代詩歌的發展奠定
了良好的基礎。從這一點上說，初唐詩對於整個唐代詩
歌不啻是一項開創性的功業。明人胡震亨《唐音癸籤》
卷五說：「太宗文武間出，首闢吟源。」清人編《全唐
詩》，也把唐太宗的詩置於第一卷，並在其小傳中明確地
說：「有唐三百年風雅之盛，帝實有以啟之焉。」這些評
說不無道理。

　　貞觀時代的宮廷詩人中年輩最尊、詩歌創作成就也較為突出的應推虞世南（558—638）。虞世南由隋入唐，太宗時官至弘文館學士、祕書監，他主持編撰的著名類書《北堂書鈔》，為詩歌寫作中的偶對隸事提供了方便。他以德行、忠直、博學、文詞、書翰五絕擅名於時，可以說是當時宮廷文人的領袖。他的宮廷應制詩雖未盡脫齊梁藻飾之習，但不少樂府詩風格清新俊爽，已革去梁陳浮豔之病。他的詩作中，最廣為流傳的是一首五言詠物小詩《蟬》，這也是唐人詠蟬詩中時代最早的一首。

垂緌飲清露，流響出疏桐。居高聲自遠，非是藉秋風。
　　　　　　　　　　　　——虞世南《蟬》

短短二十個字，卻立意巧妙，風格清華雋朗，既讚美了蟬的高情逸韻，又暗寓自己的華貴身份，寄託了對高潔品質的讚揚，還為唐代詠物詩創立了一個不俗的開端。

　　與虞世南一樣由隋入唐的詩人，還有魏徵（580—643）和王績（585—644）。這兩位在唐初詩壇上同樣不隨波逐流、標舉新的詩風的同輩，在政治道路上，卻作出了兩種幾乎截然不同的選擇。魏徵早年追隨李密，歸唐後，先在太子李建成手下做事，後來為太宗重用，敢於抗顏直諫，是我國古代的一位名臣。王績的大半生光

陰則是在隱逸中消磨掉的。因此，當魏徵高唱建功立業的慷慨之音時，王績卻懷着恬淡閑逸的心情，輕輕地吟賞着暮色中的田園，儘管這份閑情逸致掩飾不住他內心深處的孤獨寂寞和苦悶彷徨。

在簡要介紹他們的詩作之前，先看兩篇代表作：

中原初逐鹿，投筆事戎軒。縱橫計不就，慷慨志猶存。
杖策謁天子，驅馬出關門。請纓繫南越，憑軾下東藩。
鬱紆陟高岫，出沒望平原。古木鳴寒鳥，空山啼夜猿。
既傷千里目，還驚九逝魂。豈不憚艱險？深懷國士恩。
季布無二諾，侯嬴重一言。人生感意氣，功名誰復論。
　　　　　　　　—— 魏徵《述懷》

東皋薄暮望，徙倚欲何依。樹樹皆秋色，山山惟落暉。
牧人驅犢返，獵馬帶禽歸。相顧無相識，長歌懷采薇。
　　　　　　　　—— 王績《野望》

相對於魏徵詩集中分量較多的郊祀樂章和歌功頌德的應制之作，《述懷》一篇流自肺腑，胸襟坦蕩，筆力遒勁，氣魄宏大。魏徵所嚮往的是投筆從戎的班超，合縱連橫的蘇秦、張儀，以及志在功業的酈食其等人。他們的雄心壯志激勵着魏徵去實現自己的政治理想。王績所

仰慕的則是伯夷、叔齊、阮籍、陶淵明等人。他不僅在生活態度上效仿陶淵明，隱居田園，其詩歌創作也深受陶淵明的影響。即使在短時間的京城任職期內，他也念念不忘故園的一山一水一草一木：

衰宗多弟姪，若個賞池臺？舊園今在否？新樹也應栽。
柳行疏密佈？茅齋寬窄栽？經移何處竹？別種幾株梅？
渠當無絕水？石計總生苔？院果誰先熟？林花那後開？
羈心只欲問，為報不須猜。行當驅下澤，去剪故園菜。
—— 王績《在京思故園見鄉人問》

　　雖然經歷不同，詩風各異，魏徵、王績都以自己的創作為唐初詩歌洗淨鉛華浮豔作出了貢獻。魏徵胸次的自然流露，王績用筆的平淡閑遠，正可謂殊途同歸。王績《野望》是唐代最早出現的一首優秀的田園詩，雖然它在其時猶如空谷跫音，它在盛唐詩壇卻引起了巨大的迴響。魏徵和王績的這些創作，還意味着唐初詩人已經開始努力拓展題材和表現領域，繼起的初唐四傑將這種試驗性的努力放大為自覺的經常性的行動。

　　在遊覽貞觀及其後的武后中宗詩壇時，哪怕時間十分倉促，我們也不能忘記以王梵志、寒山等人為代表的一批通俗詩人。王梵志詩集失傳了很久，直到清末發現

了敦煌莫高窟中的石室，才得以重見天日。他的詩語言通俗，口語化，或宣講儒家倫理道德觀念，或表現佛家的宗教思想，介於格言詩和佛教偈語之間；或描摹世態人情，筆鋒犀利，詼諧輕鬆，淺近易懂，形成了一種獨特的詩體，在當時傳誦甚廣，其影響至少持續到盛唐時代。王維的五言排律《與胡居士皆病，寄此詩，兼示學人》就是一篇模擬梵志體的詩作。先來看幾首梵志的詩：

梵志翻著襪，人皆道是錯。乍可刺你眼，不可隱我腳。

城外土饅頭，餡草在城裏。一人吃一個，莫嫌沒滋味。

他人騎大馬，我獨跨驢子。回顧擔柴漢，心下較些子。

　　第一首寫但求快意於心，不計他人議論，由俗事中見深意。第二首以土饅頭喻墳墓，以餡草比墓中人，充滿機趣，而立意深刻，足以警動世人。第三首寫知足心安，信筆設喻，也極為通俗。寒山詩風與王梵志相近，而時代晚於梵志，約當中宗之時。他有兩首五言詩可以代表他和王梵志一派的詩歌創作觀點。

有個王秀才，笑我詩多失。云不識蜂腰，仍不會鶴膝。

平側不解壓，凡言取次出。我笑你作詩，如盲徒詠日。

有人笑我詩，我詩合典雅。不煩鄭氏箋，豈用毛公解？
不恨會人稀，只恨知音寡。若遣趁宮商，余病莫能罷。
忽遇明眼人，即自流天下。

不拘平仄偶對，無須箋注疏解，但用家常語寫家常事，讀者自能會心，這正是他們的詩歌主張。他們堅信世上一定會有知音，這種詩歌必定能夠流傳天下。後代的詩僧拾得、豐干等人繼承了他們所開創的通俗詩的創作手法，匯入唐詩海洋中，成為一股別致的支流旁派。

在貞觀詩壇和武后中宗詩壇之間，起着承先啟後作用的是高宗時代曾經顯赫一時的上官儀（約608—664）。上官儀應召奉和之類的應命詩作頗多，修辭比較工巧，講究詞采密麗，雖然內容並不豐富深刻。當時人將他的詩風貼切地概括為「綺錯婉媚」四個字，就是針對其詞采而言。由於上官儀位尊官顯，「綺錯婉媚」的詩風又頗為適合宮廷詩人在奉和應制場合的創作需要，因此，當時起而效仿的人很多，一時形成了所謂「上官體」。這時大約是七世紀五六十年代，正是上官儀把持國政春風得意的時候。有一天，他凌晨入朝，沿着洛堤，在月光之下按轡緩行，吟成了《入朝洛堤步月》：

脈脈廣川流，驅馬歷長洲。鵲飛山月曙，蟬噪野風秋。

　　後二句屬對工巧，寫景清麗，歷歷如畫。全詩構思精巧，音韻清亮，是上官儀詩中佳作。在了卻公家事的暇日，上官儀還對詩歌形式進行了研討，把創作中積累的偶對經驗上升到理論高度。他的《筆箚華梁》一書提出了詩有六對、八對之說。六對是指正名對、同類對、連珠對、雙聲對、疊韻對、雙擬對，八對則包括的名對、異類對、雙聲對、疊韻對、聯綿對、雙擬對、迴文對、隔句對，名目之多，反映了在對偶上的用心講求。稍後的沈佺期、宋之問等人賡續了上官儀對詩歌形式因素的探索，終於基本上實現了近體詩形式的定型。但與此同時，上官體綺錯婉媚、精雕細琢的宮廷詩風，隨即又受到了異軍突起的王勃（650—676）、楊炯（650—693？）、盧照鄰（634？—686？）、駱賓王（約622—684）等年輕一輩詩人的挑戰。這幾位年輕詩人，被合稱為「王楊盧駱」或「初唐四傑」。

　　從7世紀60年代開始陸續登上詩壇的初唐四傑，是從糾正高宗龍朔（661—663）前後流行的上官體作風開始自己的文學生涯的。四傑年歲上下相差二十餘歲，而文學目標卻大體一致，也大致同時登上文壇。他們都有傑出的文學才華，而仕途也一樣坎坷。這使他們較多地

接觸社會，開闊了視野。活動於宮廷之外的他們與活躍於宮廷之中的沈佺期、宋之問（並稱「沈宋」）以及杜審言、崔融、蘇味道、李嶠（四人合稱「文章四友」，後二人合稱「蘇李」）一起，繼續對宮廷詩進行改造。沈、宋偏重於詩歌形式方面，致力於改良、律化、定型。四傑則從題材和主題方面為唐詩開拓出新的領域。正如程千帆先生在《唐詩鑒賞辭典·序言》中說的，「經過他們的努力，題材和主題由宮廷的淫靡改變為都市的繁華和正常的男女之愛，由臺閣應制擴大到江山之美和關塞之情，風格也由纖柔卑弱轉變為明快清新」。

初唐四傑描寫江山之美，往往把眼前的景物同當下的心情結合起來，突出顯示了情景交融的特色。例如王勃《山中》：

長江悲已滯，萬里念將歸。況屬高風晚，山山黃葉飛。

這不是宮廷遊宴場景的山水庭園，而是遊子眼中的寥廓的秋景，織滿了懷歸的愁緒。四傑寫得比較多也比較好的是送行贈別、羈旅行役之類的詩，比如王勃有《別薛華》、《送杜少府之任蜀川》、《江亭夜月送別》（二首），楊炯有《途中》，盧照鄰有《九月九日玄武山旅眺》，駱賓王有《於易水送人一絕》等。今舉其中兩首為例：

城闕輔三秦，風煙望五津。與君離別意，同是宦遊人。
海內存知己，天涯若比鄰。無為在歧路，兒女共沾巾。

　　　　　　——王勃《送杜少府之任蜀川》

此地別燕丹，壯士髮衝冠。昔時人已沒，今日水猶寒。

　　　　　　——駱賓王《於易水送人一絕》

　　初唐邊塞詩也在這幾位詩人手中揭開了帷幕。這些
作品有王勃《秋夜長》，楊炯《從軍行》、《戰城南》，
盧照鄰《關山月》、《戰城南》，駱賓王《軍中行路難同
辛常伯作》。很顯然，他們的邊塞詩大多借用樂府古題展
開抒寫，這一特點在盛唐邊塞詩人的詩題中猶可見到遺
跡。楊炯《從軍行》是唐代邊塞詩最早的一篇名作：

烽火照西京，心中自不平。牙璋辭鳳闕，鐵騎繞龍城。
雪暗凋旗畫，風多雜鼓聲。寧為百夫長，勝作一書生。

初唐四傑俊爽剛健的詩風，在他們的邊塞詩中得到了良
好體現。

　　四傑詩歌中還有一批被美國學者宇文所安（Stephen
Owen）稱為都城詩的作品，包括王勃《臨高臺》、盧照
鄰《長安古意》以及當時號稱絕唱的駱賓王《帝京篇》，

它們代表了四傑在長篇歌行創作上的努力以及所取得的成就。它們和稍後的劉希夷（651—678？）的《代悲白頭翁》、李嶠（644—713）《汾陰行》以及張若虛（約660—約720）《春江花月夜》一起，迎來了唐代長篇歌行創作的第一個豐收季節。

初唐四傑的詩歌變革偏重於詩的思想內涵，但在創作中，他們也同時吸收了南朝以來詩人在調聲協律偶對等方面積累的藝術經驗。他們的一些五七言詩已接近律體。沈宋和陳子昂從他們手中接過了已經點燃的火炬，又將它傳了下去，熊熊燃燒在詩歌的盛世。

如果從虞世南等人算起，沈宋、文章四友以及上官婉兒應當算第三代宮廷文人。沈、宋所處的時代及其經歷又與他們的前輩有所不同。沈、宋都曾受貶流放，到過更多更遠的地方，眼界和胸襟都開闊了些。這種經歷對他們的創作不無好處。沈、宋的一些好詩，如宋之問《題大庾嶺北驛》、《早發始興江口至虛氏村作》、《渡漢江》，沈佺期《夜宿七盤嶺》、《遙同杜員外審言過嶺》等，都是在流放途中寫的，脫離了前期應制詩偏重屬對精巧、工整流麗的規範，風格比較疏朗清新。他們在創作上「回忌聲病，約句準篇」（《新唐書·宋之問傳》），基本上完成了五七言近體詩格式的塑造。在當時，他們和文章四友一起，構成了一股示範性的創作力量。

　　文章四友也是在詩律探索上作過不懈努力並取得成績的詩人，其中李嶠所著《評詩格》和崔融所著《新定詩體》，在上官儀《筆箚華梁》和元兢《詩髓腦》、《古今詩人秀句》、《宋約詩格》等書的基礎上，對修辭對偶、回忌聲病等規則作了修正補充，使之更趨周密精嚴。杜甫的祖父杜審言（約645—708）和上官儀的孫女上官婉兒（664—710）的詩歌創作也挺出於時。杜審言詩作合律比例之高，在當時處於領先地位。雖然其七律的平仄粘對還有待加工，但他對五律格式的運用已相當老練，如著名的《和晉陵陸丞早春遊望》：

獨有宦遊人，偏驚物候新。雲霞出海曙，梅柳渡江春。
淑氣催黃鳥，晴光轉綠蘋。忽聞歌古調，歸思欲沾巾。

作為宮廷女官，官封昭儀的上官婉兒以其罕見的文學才華，在宮廷應制作詩的場合，經常代表朝廷，擔任判別高下、評定優劣的裁判員。她的衡量標準主要是詞采和格律兩方面。她的特殊地位使她的評判標準足以影響詩壇風氣，以沈宋體為標誌的新型詩體創作規範因此靡然成風。其後，近體詩日益演進，成為一種熟知易行的定格，這是盛唐詩歌繁榮的必要前提。

　　當四傑、沈宋、文章四友等人在新開闢的詩歌天地

裏辛勤耕耘的時候，從西部的四川射洪縣走來了一位胸懷大志的青年詩人陳子昂（661—702）。他既不甘心追步前人的後塵，也不屑於與以上詩人為伍，儘管他們的終極目標並不全然相悖。這個不甘寂寞的青年詩人有着極其敏銳、極為強烈的歷史使命感，當他登高遠眺時，他感受到的是獨力承擔歷史重擔的悲壯和蒼涼：

前不見古人，後不見來者。
念天地之悠悠，獨愴然而涕下。
　　　　　　—— 陳子昂《登幽州臺歌》

　　在他看來，當時的詩壇還是太壓抑、沉悶了，有許多需要糾正的傾向，有許多有待實現的理想。他為此振臂高呼，竭盡全力地吶喊，呼籲人們奮起改革詩風：

　　文章道弊五百年矣！漢魏風骨，晉宋莫傳，然而文獻有可徵者。僕嘗暇時觀齊梁間詩，采麗競繁，興寄都絕，每以永歎。思古人，常恐逶迤頹靡，風雅不作，以耿耿也。
　　　　　　—— 陳子昂《修竹篇序》

這是唐詩史上一篇重要的詩歌理論文獻。陳子昂揮舞復

古的大纛，以「漢魏風骨」、「興寄」為口號，追步建安正始的文學，批判「采麗競繁」的「齊梁間詩」，以復興風雅為己任。風骨興寄描繪了他的詩歌理想，即詩歌創作要反映豐富的社會現實，有深刻的思想內容，有比興寄託，不無病呻吟，風格則要明朗剛健，而不是浮豔靡弱。在對現實失望和不滿的時候，乞靈於古代的教誨；在前途幽暗方向迷茫時，求助於歷史的燭照；以「復古」為革新，成為陳子昂之後文學變革運動中的一條終南捷徑。陳子昂徹底否定晉宋齊梁詩風，其着眼點及意義與文學史家的謹嚴持論截然異趣。我們無須斤斤計較他持論的偏激和邏輯的不嚴密，可貴的是這種見識，這般激情，這份勇氣！誠然，陳子昂的詩歌創作也存在矯枉過正的問題，但他提出的以風骨興寄為核心的詩論主張是值得大聲疾呼，再三強調的。誠然，在全面而具體的意義上，稱陳子昂為盛唐詩風的開創者稍嫌過譽，但盛唐氣象可以說正是在沈宋新聲和陳子昂風骨興寄說結合的基礎上醞釀成長起來的。對此，金代詩家元好問有過中肯的評述：

沈宋橫馳翰墨場，風流初不廢齊梁。
論功若準平吳例，合著黃金鑄子昂。
　　　　　　　——《論詩絕句》之八

中唐詩人韓愈也說：「國朝盛文章，子昂始高蹈。」（《薦士》）充分肯定了陳子昂卓然不群的詩歌理論及創作實踐。齊梁餘風的滌蕩，意味着唐詩新局面的開始。陳子昂的高蹈，象徵着打開了一條通向自成面目的唐詩的發展道路。

　　陳子昂為我們留下的一些律詩，多半不事雕刻，氣格渾厚。他的詩作中成就突出的是《感遇詩》三十八首所代表的五言古詩。《感遇詩》繼承了阮籍《詠懷》組詩的藝術傳統，是初唐五言古詩最重要的收穫之一。實際上，這一組風格高古、興寄深微的詩作，在主題方面至少包括了詠史、詠懷、感事三大類。詠史是借古事寫今情；詠懷則抒發自己的身世感慨和理想抱負；感事則直指現實，表達諷刺。下面這一首是以芳草自喻、抒寫懷才不遇的幽怨情懷的：

蘭若生春夏，芊蔚何青青。幽獨空林色，朱蕤冒紫莖。
遲遲白日晚，嫋嫋秋風生。歲華盡搖落，芳意竟何成。
　　　　　　　　——《感遇詩》第二首

　　和初唐時代另一個孤獨者王績一樣，陳子昂的事業不乏後來者。張九齡《感遇》十二首、李白《古風》五十九首就是陳子昂這組五言古詩遺產的繼承者。

　　到了 8 世紀初，唐詩的諸種形式風格都已萌生。五七言律詩在沈宋手裏已基本形成定格，長篇歌行也湧現出一系列名篇傑作，五言古詩在陳子昂手中煥發出熠熠光輝。詩歌的題材領域仍在繼續拓展，詩歌的思想神經也注入了風骨興寄的強心劑。活躍於這個時代的吳中四士即賀知章（約 659—744）、張旭（約 675—約 750）、包融（生卒年不詳）、張若虛和宮廷中並稱為「燕許大手筆」（張說、蘇頲二人分別封為燕國公、許國公）的張說（667—730）、蘇頲（670—727）理所當然地成為初盛唐兩個時代的過渡性人物。他們的行為、觀念和詩風，也處處顯示着過渡時代的這種二重性特點，而更多地傾向盛唐。如果說，這一時期張若虛的《春江花月夜》出於四傑而又超越了四傑，那種「少年式的人生哲理和夾着悲傷、悵惘的激勵和歡愉」（李澤厚《美的歷程》三《盛唐之音》），猶然帶着初唐的印記，那麼，張旭的癲狂飛舞的草體書法，賀知章放達縱誕的性格，張說、蘇頲雍容閑雅的應用文體，張九齡平和清雅的詩風，則無一不在提示我們：

　　一個詩的新時代就要來到了！

二 ——盛唐詩

潮平兩岸闊，風正一帆懸

潮平兩岸闊，風正一帆懸。

海日生殘夜，江春入舊年。

—— 王灣《次北固山下》

　　大約從 8 世紀第一個十年到 8 世紀六十年代的半個世紀，是詩歌史上的盛唐。盛唐不僅是唐代政治上、經濟上、文化上的鼎盛時代，也是詩歌的盛世。具體說來，盛唐之盛有多方面的表現。

　　首先是詩人層出不窮，名家輩出。顯而易見，由於歷史的積累，君主的提倡和科舉試詩賦制度的推行，盛唐時代詩歌的群眾基礎較之初唐時代更為廣闊。詩人的

隊伍由宮廷貴族各級官吏擴大到社會各階層，包括樵夫
隸役、引車賣漿者流，而主要出身於庶族地主的寒士階
層是詩歌創作隊伍的基本成分。他們受過良好的教育，
有深厚的傳統文化修養，是盛唐詩歌賴以飛躍的翅膀。
在他們當中，不僅誕生了王維、孟浩然、高適、岑參、
王昌齡、王之渙、儲光羲、常建等著名詩人，還脫穎而
出了詩仙李白和詩聖杜甫，他們猶如兩座高聳的山峰拔
地而起。

　　其次是詩的題材、內容之廣泛豐富。山水田園、邊
塞風情、羈旅行役、送行贈別、友誼愛情、隱士俠客、
詠物寫懷、詠史懷古、政治風波、人情世態，其類別不
勝枚舉。在這方面，盛唐詩人承前啟後，將前人的藝術
創造發揚光大。

　　其三是形式的完備。不管古體還是近體，是五言還
是七言，是律詩絕句還是歌行樂府，是短篇還是巨製，
無不為盛唐詩筆所驅使，佳作如雲，盡態極妍，各呈其
妙。除了七律及排律的藝術表現到盛唐後期經杜甫之手
才最後成熟之外，其他各體的規範在盛唐前期即已確
定，近體詩尤其是七言律絕的地位不斷升高，有悠久歷
史的樂府詩體也花樣翻新，舊貌換新顏。足以代表唐詩
體貌的形式方面的因素至此已大致具備。詩人們或各體
俱工，如王維、杜甫；或偏擅一格，如王昌齡尤長於七

絕。山水田園詩派多寫五言律絕，邊塞詩派則擅長於七古歌行。

其四是風格多樣，流派並立，異彩紛呈，反映了不同的生活道路、性情學識及文學主張。許文雨在《唐詩集解》中提出了整個唐詩發展史由七派組成的說法。七派即齊梁派、李白派、王維派、杜甫派、韓愈派、白居易派、詞華派。其中齊梁派屬於初唐，韓、白二派屬於中唐，詞華派以溫庭筠、李商隱為代表，屬於晚唐，而李白、王維、杜甫三派都是盛唐時代的產物。雖然我們現在不習慣於這種派別分法，但以李白、杜甫、王維三大詩人對後代的影響而論，又豈止於自成宗派！一般認為，盛唐詩壇主要有以王維、孟浩然等人為代表的山水田園詩派和以岑參、高適等人為代表的邊塞詩派。在同一詩派中，不同作者的詩風又各有千秋。李、杜二人有山水田園詩，也有邊塞詩，但他們堂廡宏大，氣魄非凡，絕非此二派所能牢籠。此外，還有一大批自成風貌各有獨到之處的中小詩人。

其五是融匯以上諸項而凸現出來的所謂盛唐氣象。盛唐氣象是一個精神文化領域的綜合現象，它可以說是盛唐時代人們的政治思想、生活態度、美學理想和藝術風格的綜合體現。由於人們多有入世之志，又以詩意的眼光看待世界，造就一種詩化的生活，而他們的詩歌藝術

實踐又往往是他們的政治思想和人生理想的某種外化、寄託、變形或者延伸。因此，盛唐時人的政治立場、人生態度、美學理想和藝術追求很自然地交匯在一起，奏出一曲高昂明亮雄渾壯闊的交響樂。這是斷絕委瑣、摒棄浮豔、充滿自信和希望、塗着理想色彩、飄着浪漫氣息的音樂，在詩歌中反映為氣格高華渾厚、興象玲瓏、形象豐滿、情蘊深沉等特徵。正因為盛唐氣象是精神文化領域的綜合現象，因此它是不可重複的，只可追慕，難以企及。如果明代的一些詩人領悟到這一點，也許，他們就不會枉拋心力，去做那些被人譏笑為「假盛唐」、「瞎盛唐」的詩了。

詩人對現實社會人生的觀念既然有兼濟天下和獨善其身的不同，他們也必然會以不同的方式來選擇人生，表現自我。以王、孟為首的山水田園詩派代表了對現實人生高蹈退守的態度。在創作中，他們遠承陶淵明的田園詩和謝靈運的山水詩，吸收了陶詩的平淡自然和謝詩描摹山水景色的藝術經驗，另闢蹊徑，自成一格。他們歌唱自然，歌頌隱逸，讓心靈沉浸於美麗的大自然中，從中得到心理撫慰和審美享受。詩的境界是幽潔靜穆的，心中的世界濾掉了現實的熱鬧和喧囂，也十分恬淡清靜。他們的詩作在氣象渾穆方面雖然不及陶淵明，卻帶着盛唐時代特有的藝術情味，其狀物寫景，傳神達

意，手法高妙，也堪稱後來居上。中唐時代的韋應物、柳宗元是這一詩派藝術的追隨者。

在山水田園派詩人中，王維（？—761）的情況比較特殊。他是一位多才多藝的藝術家，通音樂，工書畫，是南宗文人畫的開創者。他早年頗有用世之志，累官至給事中，因安史之亂中曾被迫接受偽職，亂後降職為太子中允，後來官至尚書右丞，晚年購得宋之問輞川別墅，居住其間，亦官亦隱，優遊度日。「晚年惟好靜，萬事不關心。自顧無長策，空知返舊林。」這是王維《酬張少府》中的詩句。他最著名的山水田園詩多寫於其晚年，以輞川生活為背景、為題材，如《輞川閑居贈裴秀才迪》、《積雨輞川莊作》、《孟城坳》、《鹿柴》、《欒家瀨》、《白石灘》、《竹里館》、《辛夷塢》等。在輞川系列的詩以外，王維還有大批優秀的山水田園詩作，如《渭川田家》、《過香積寺》、《山居秋暝》、《終南別業》、《終南山》、《漢江臨泛》等。這些膾炙人口的詩篇中，有許多人人耳熟能詳的秀句。如：

寒山轉蒼翠，秋水日潺湲。倚仗柴門外，臨風聽暮蟬。渡頭餘落日，墟裏上孤煙。復值接輿醉，狂歌五柳前。
　　　　　　　　——《輞川閑居贈裴秀才迪》

不知香積寺，數里入雲峰。古木無人徑，深山何處鐘。
泉聲咽危石，日色冷青松。薄暮空潭曲，安禪制毒龍。
　　　　——《過香積寺》

空山新雨後，天氣晚來秋。明月松間照，清泉石上流。
竹喧歸浣女，蓮動下漁舟。隨意春芳歇，王孫自可留。
　　　　——《山居秋暝》

太乙近天都，連山到海隅。白雲回望合，青靄入看無。
分野中峰變，陰晴眾壑殊。欲投人處宿，隔水問樵夫。
　　　　——《終南山》

空山不見人，但聞人語響。返景入深林，復照青苔上。
　　　　——《鹿柴》

木末芙蓉花，山中發紅萼。澗戶寂無人，紛紛開且落。
　　　　——《辛夷塢》

人閑桂花落，夜靜春山空。月出驚山鳥，時鳴春澗中。
　　　　——《鳥鳴澗》

此外，《終南別業》中的「興來每獨往，勝事空自

知。行到水窮處，坐看雲起時」，《漢江臨泛》中的「漠漠水田飛白鷺，陰陰夏木囀黃鸝」等，也都是寫景名句。蘇東坡曾經稱讚王維畫中有詩，詩中有畫。確實，王維的山水田園詩是詩情畫意的美妙結合，意境清美而靜穆。他善於把自己在繪畫中把握色彩、動靜、光感、線條、空間位置等的經驗融入詩歌，使詩充分體現色彩美、線條美、構圖美，具有極強的空間立體感和畫面的冷暖明暗感，既體物精妙，又遺貌取神。王維這類詩的意境往往以靜為主要特徵，再渲染以清冷的色調，反襯以聲音和動感，在渾穆澄潔之外，不免透出孤寂幽冷，這反映了王維因遭遇人生挫折而灰心頹喪，退隱山林，學佛習禪，縱情於大自然那種冷寂清靜的心境。他在詩中塑造的那種澄澈空明的境界，也反映出他所追崇的禪宗精神。王維使山水田園詩的表現藝術更上一層樓。

王維通常被認為是山水田園詩派最主要的詩人。事實上，他不僅寫過許多情韻悠然、令人讀後齒頰留香的離別懷人詩，還寫過不少風格勁健豪邁、品質上乘的邊塞題材的詩，前者如《送別》：「下馬飲君酒，問君何所之？君言不得意，歸臥南山陲。但去莫復問，白雲無盡時」；如《送梓州李使君》：「山中一夜雨，樹杪百重泉」；如《相思》：「紅豆生南國，春來發幾枝？願君多採擷，此物最相思」；如《九月九日憶山東兄弟》：「獨在異鄉為

異客，每逢佳節倍思親」；如《渭城曲》：「勸君更盡一杯酒，西出陽關無故人」；如《送沈子福歸江東》「惟有相思似春色，江南江北送君歸」，不一而足，都是千古傳誦的佳句。後者的名篇則有《隴西行》、《隴頭吟》、《老將行》、《使至塞上》、《出塞作》、《伊州歌》等。《使至塞上》詩中的「大漠孤煙直，長河落日圓」一聯，雄渾蒼茫，不愧為千古壯觀的名句。《出塞作》則以雄健壯麗卓立於盛唐七律之林：

居延城外獵天驕，白草連天野火燒。
暮雲空磧時驅馬，秋日平原好射雕。
護羌校尉朝乘障，破虜將軍夜渡遼。
玉靶角弓珠勒馬，漢家將賜霍驃姚。

　　需要注意的是，王維詩歌題材並不限於上述三大類，他在應制七律（如《和賈至舍人早朝大明宮之作應制》）、七言歌行（如《少年行》、《桃源行》）、酬贈詩（如《酬郭給事》、《酬張少府》）、敘事詩（如《觀獵》）、詠史詩（如《夷門歌》、《息夫人》）等方面，都有精深的造詣。一句話，王維的詩題材廣泛，諸體俱長，不愧為盛唐詩壇傑出的大詩人。

　　與王維並稱「王孟」的孟浩然（689—740）身上，

也集中體現了盛唐詩人心中時常交織着的仕與隱、進與退的矛盾性格。李白在《贈孟浩然》詩中，說孟浩然「紅顏棄軒冕，白首臥松雲。醉月頻中聖，迷花不事君」，這給我們留下一個印象，仿佛是孟浩然不屑於入仕。但據《唐摭言》卷十一說，他在長安的時候，有一次王維邀他去聊天，邂逅唐玄宗。玄宗命他唸幾首近作來聽聽，孟浩然就朗誦《歲暮歸南山》一詩。待聽到其中「不才明主棄，多病故人疏」二句，玄宗頓生不悅，責怪孟浩然自己不求仕進，卻誣衊皇帝拋棄了他，因此不曾授予一官半職。看來，早年隱居鹿門山的孟浩然並未絕去仕進之念。《望洞庭湖贈張丞相》中就明顯透露了求張九齡汲引推薦的意思：

八月湖水平，涵虛混太清。氣蒸雲夢澤，波撼岳陽城。欲濟無舟楫，端居恥聖明。坐觀垂釣者，徒有羨魚情。

　　孟浩然以處士而終其一生，歷來被稱為隱逸詩人。受政治失意的落魄情緒感染，他的詩古淡閑遠，意境較王維同類詩作更為清峭，時常發出悲涼的感喟，比如《留別王維》詩中就寫道：「當路誰相假？知音世所稀。只應守寂寞，還掩故園扉。」在創作上，應該說，他比王維更為着意，更為用力，是唐代最早的一位苦吟詩人。

《唐音癸籤》卷五引徐獻忠語，說孟浩然的詩「出語灑落，洗脫凡近」，這其實是他苦吟的結果。孟浩然也擅長寫景，流傳名句多與寫景有關，比王維詩顯得更清遠秀勁，如「天邊樹若薺，江畔洲如月」（《秋登萬山寄張五》）；「荷風送香氣，竹露滴清響」（《夏日南亭懷辛大》）；「風鳴兩岸葉，月照一孤舟」（《宿桐廬江寄廣陵舊遊》）；「微雲淡河漢，疏雨滴梧桐」（王士源《孟浩然詩集序》引《祕省聯句詩》）等。孟浩然的田園詩能以平淡省淨的語言，表達出真摯深厚的情懷，是很見藝術功力的。如這首歷來選家不忍割捨的《過故人莊》：

故人具雞黍，邀我至田家。綠樹村邊合，青山郭外斜。
開軒面場圃，把酒話桑麻。待到重陽日，還來就菊花。

在各體詩中，孟浩然創作數量最多的是五言詩，尤其是五律，這是他最擅長的詩體。上舉諸篇外，《與諸子登峴山》、《晚泊潯陽望廬山》、《題義公禪房》、《舟中曉望》、《洞庭湖寄閻九》、《洛下送奚三還揚州》等，也都達到很高的藝術水準。值得一提的是，他還能把五言絕句這種小詩寫得既平淡自然，又悠遠深厚。這裏面有眾所周知的《春曉》和下面這首《宿建德江》：

移舟泊煙渚，日暮客愁新。野曠天低樹，江清月近人。

　　王孟以外，山水田園詩派的詩人還有儲光羲
（706？—763）、裴迪（716—？）、丘為（生卒年不詳）、
劉眘虛（生卒年不詳）、祖詠（生卒年不詳）、綦毋潛
（692—749？）、常建（生卒年不詳）等人，其詩風與
王孟相近，又各有特色，儘管總體成就不如王孟。儲光
羲、裴迪、丘為、祖詠都是王維的好朋友。儲光羲的《同
王十三維偶然作十首》、《田家雜興八首》和《釣魚灣》
可以作為其山水田園詩的代表。裴迪、綦毋潛、常建三
人善於抒寫方外之情，營造幽寂之境，詩筆清雋脫俗。
劉眘虛、祖詠多描繪自然景色、田園風物，在幽美的環
境與清淡的筆調中，咀嚼隱逸的情味。抄錄幾首詩為例：

垂釣綠灣春，春深杏花亂。潭清疑水淺，荷動知魚散。
日暮待情人，維舟綠楊岸。
　　　　　　　　—— 儲光羲《釣魚灣》

落日松風起，還家草露晞。雲光侵履跡，山翠拂人衣。
　　　　　　　　—— 裴迪《華子岡》

道由白雲盡，春與青溪長。時有落花至，遠隨流水香。

閉門向山路，深柳讀書堂。幽映每白日，清輝照衣裳。

    —— 劉昚虛《闕題》

幽意無斷絕，此去隨所偶。晚風吹行舟，花路入溪口。
際夜轉西壑，隔山望南斗。潭煙飛溶溶，林月低向後。
生事且彌漫，願為持竿叟。

    —— 綦毋潛《春泛若耶溪》

清晨入古寺，初日照高林。竹徑通幽處，禪房花木深。
山光悅鳥性，潭影空人心。萬籟此俱寂，但餘鐘磬音。

    —— 常建《題破山寺後禪院》

  唐以前，邊塞題材的詩寥若晨星。初唐四傑和陳
子昂等人創作了不少邊塞詩，但也並沒有形成左右一時
的詩壇風氣。至盛唐，邊塞詩全面成熟，邊塞成為當時
詩歌的熱門題材，並由此發展成以高適、岑參為代表的
邊塞詩派，或稱高岑詩派。邊塞詩產生的主要背景，是
邊境上由民族矛盾引發的民族戰爭以及士人們為謀求
出路，尋找建功立業的機會，毅然投筆從戎或秉筆參
幕。但邊塞詩人並不限於親身經歷邊塞生活，有些人未
曾涉足邊關，其創作靈感來自傳聞和想像，也能寫出
好詩。我們不必糾纏於邊塞詩是否歌頌了侵略性的非正

義戰爭，是否無原則地肯定民族矛盾和民族戰爭。作為
整體，邊塞詩並不全是正面描寫邊境戰事的，其內容範
圍比戰爭廣闊得多，也豐富得多，其思想意義也不限於
民族政策的形象演繹和政治意圖的文學闡釋。文學不能
混同於歷史，當然也不能混同於政論。邊塞題材之所以
吸引了那麼多詩人，在當時和後代產生了如此巨大的影
響，至少有以下三個方面的原因：

　　邊塞詩向詩人敞開了新奇而廣闊的題材天地。眾多
的有關邊塞軍旅生活的人和事，包括莽蒼的塞外景色，
瑰異的邊塞風物，將士的情感世界，閨中人的離悲別
怨，戰鬥的激烈場面，和平時的生活場景，一起湧到詩
人筆下。所有這些，不僅顯示了詩人的生活熱情和藝術
感覺，更擴大了詩的題材領域和表現空間。此其一。

　　邊塞詩的感情內涵極其豐富複雜，有對慷慨從戎建
功立業的讚揚，也有對征夫曠婦的深切同情；有對窮兵
黷武的大膽非難，也有對將士矛盾的勇敢揭露；有對戰
爭苦難的控訴，也有對戰士愛情的歌唱。這些詩弘揚了
中華民族的愛國主義、英雄主義和人道主義的精神，撥
動了無數根心弦，引起了無數顆心靈的共鳴。此其二。

　　邊塞詩那種慷慨雄壯而又沉摯深厚的總體風格，從
一個側面反映了盛唐氣象，體現了盛唐詩人積極進取、
執著熱烈的人生態度。其中勇武剛健的氣概，浪漫理想

的氣息，對於頹靡的神經能有一定的振作作用。這既是盛唐邊塞詩社會價值和審美價值的一方面，也是盛唐邊塞詩區別於晚唐邊塞詩的獨特之處。此其三。

邊塞詩人在創作中傾向於選擇七言尤其樂府歌行的形式，這與其風格趨向豪邁雄健一路是一致的。高適（702？—765）、岑參（717—770）為其中的佼佼者。李頎（690—751？）、王之渙（688—742）、王昌齡（？—756？）諸人也不示弱。被稱為高適「第一大篇」的《燕歌行》、岑參《白雪歌送武判官歸京》、《走馬川行》同樣堪稱邊塞詩的壓卷之作：

漢家煙塵在東北，漢將辭家破殘賊。男兒本自重橫行，天子非常賜顏色。摐金伐鼓下榆關，旌旆逶迤碣石間。校尉羽書飛瀚海，單于獵火照狼山。山川蕭條極邊土，胡騎憑陵雜風雨。戰士軍前半死生，美人帳下猶歌舞！大漠窮秋塞草腓，孤城落日鬥兵稀。身當恩遇常輕敵，力盡關山未解圍。鐵衣遠戍辛勤久，玉箸應啼別離後。少婦城南欲斷腸，征人薊北空回首。邊庭飄颻那可度，絕域蒼茫更何有？殺氣三時作陣雲，寒聲一夜傳刁斗。相看白刃血紛紛，死節從來豈顧勳？君不見沙場征戰苦，至今猶憶李將軍！

——高適《燕歌行》

北風捲地白草折，胡天八月即飛雪。忽如一夜春風來，
千樹萬樹梨花開。散入珠簾濕羅幕，狐裘不暖錦衾薄。
將軍角弓不得控，都護鐵衣冷難著。瀚海闌干百丈冰，
愁雲慘澹萬里凝。中軍置酒飲歸客，胡琴琵琶與羌笛。
紛紛暮雪下轅門，風掣紅旗凍不翻。輪臺東門送君去，
去時雪滿天山路。山迴路轉不見君，雪上空留馬行處。

—— 岑參《白雪歌送武判官歸京》

君不見走馬川，雪海邊，平沙莽莽黃入天。輪臺九月風
夜吼，一川碎石大如斗，隨風滿地石亂走。匈奴草黃馬
正肥，金山西見煙塵飛，漢家大將西出師。將軍金甲夜
不脫，半夜行軍戈相撥，風頭如刀面如割。馬毛帶雪汗
氣蒸，五花連錢旋作冰，幕中草檄硯水凝。虜騎聞之應
膽懾，料知短兵不敢接，車師西門佇獻捷。

—— 岑參《走馬川行》

　　這三篇歌行縱橫開闔，氣勢雄壯，內涵豐富。《燕歌
行》筆墨凝煉，描繪了一次邊塞戰爭的全過程。高適曾
經不止一次到過邊塞，對那裏的生活相當熟悉。雖然根
據詩序可知，本篇是有感於開元二十四年（736）以來
的兩次邊境戰事失敗而作，但詩人利用了自己的邊塞生
活經歷和情感體驗，使形象更集中典型，含義更深刻，

更具普遍性。詩中不僅有對出師的浩浩蕩蕩和戰況的如火如荼的場面的生動描繪，也譴責了將帥荒淫失職，輕敵致敗。少婦的哀怨和征人的苦辛自然穿插其間。古今的對比，將士的對比，勝敗的對比，更加強了對輕開邊釁、冒進貪功的抨擊。全詩感慨悲壯，淋漓盡致，每三句一換韻，韻腳平仄相間，鏗鏘有力。岑參也到過西域塞上，《白雪歌》從壯奇瑰麗的邊地雪景展開，突出邊塞雪中送別的情與景，奇情妙景交織成一首壯麗的樂章。《走馬川行》則在凜冽的寒風中展開出師行軍的畫幅，宣揚了將士的堅毅豪邁和必勝信心，格調激越雄健。如果把岑參這兩首詩作一比較，《白雪歌》瑰奇婉麗，《走馬川行》則壯美之中時見勁健。如果把高適與岑參比較，岑參好奇，詩常出以清峻；高適豪獷，詩富雄壯之氣。此外，高、岑兩人各有一些聲情並茂的邊塞小詩，如高適的《營州歌》、《別董大》、《塞上聽吹笛》；岑參的《武威送劉判官赴磧西行軍》、《逢入京使》、《磧中作》，都是廣播人口的七絕。

王之渙和王昌齡是高適的朋友。王之渙擅長寫邊塞風光，他的一些小詩極有韻味。《登鸛雀樓》：「白日依山盡，黃河入海流。欲窮千里目，更上一層樓。」氣勢雄渾，而又寓有哲理。《涼州詞》：「黃河遠上白雲間，一片孤城萬仞山。羌笛何須怨楊柳，春風不度玉門關。」意

境是那麼遼闊，那麼蒼茫，雖然有一點感傷，卻絲毫沒
有衰颯，沒有迷惘，句中醇厚的詩味經得起千年吟誦。
被尊為「詩家夫子」的王昌齡是七絕聖手，他的詩含蓄
蘊藉，情味悠永，詩語優美，卻平凡易誦。例如《從軍
行七首》之四：「青海長雲暗雪山，孤城遙望玉門關。黃
沙百戰穿金甲，不破樓蘭終不還。」又如《出塞二首》
之一：「秦時明月漢時關，萬里長征人未還。但使龍城
飛將在，不教胡馬度陰山。」邊塞詩之外，王昌齡的宮
怨詩、離別詩也極為著名。前者有《春宮曲》、《西宮愁
怨》、《長信秋詞》等，後者有《送魏二》、《芙蓉樓送辛
漸》、《送柴待御》等。兩類各抄一首，權當嘗鼎一臠：

奉帚平明金殿開，且將團扇共徘徊。
玉顏不及寒鴉色，猶帶昭陽日影來。
　　　　　　　　——《長信秋詞五首》其三

寒雨連江夜入吳，平明送客楚山孤。
洛陽親友如相問，一片冰心在玉壺。
　　　　　　　　——《芙蓉樓送辛漸》

　　這一時期的詩人李頎也喜歡以樂府古題寫邊塞題
材，如《古從軍行》、《古意》、《古塞下行》、《塞下曲》

等篇，都是託古諷今，發調清越，修辭峻秀，情懷豪
邁。如《古從軍行》：

白日登山望烽火，黃昏飲馬傍交河。行人刁斗風沙暗，
公主琵琶幽怨多。野雲萬里無城郭，雨雪紛紛連大漠。
胡雁哀鳴夜夜飛，胡兒眼淚雙雙落。聞道玉門猶被遮，
應將性命逐輕車。年年戰骨埋荒外，空見蒲萄入漢家。

　　李頎還有一首《聽董大彈胡笳聲弄兼寄語房給事》，
其中有對胡笳聲繪聲繪色的形容描寫，讀後令人心神震
盪，為之欷歔。此外，王翰（生卒年不詳）、崔國輔（生
卒年不詳）等人也寫過一些新奇可喜的邊塞詩。

　　盛唐對中國詩史的貢獻之一在於誕育了李白、杜甫
這兩位偉大的詩人。雖然在上舉諸人外，我們還可以列
舉出一串有特色的詩人，但他們只如眾星拱月一般，襯
托着李、杜的偉大與崇高。正如韓愈《調張籍》所言：
「李杜文章在，光焰萬丈長。不知群兒愚，那用故謗傷。
蚍蜉撼大樹，可笑不自量！」這早已是千齡百世的共識。
李白充滿理想主義的浪漫精神和杜甫具有清醒理性的現
實精神交映生輝，相得益彰，使盛唐詩壇愈顯輝煌燦
爛。一個被稱為詩仙，一個被尊作詩聖，這是屹立詩壇
頂峰的兩棵挺拔的勁松，是後代詩人學習的楷模。

　　李白（701—762）的詩歌創作生涯正好與盛唐時代相始終。他字太白，號青蓮居士，排行十二，祖籍隴西成紀（今甘肅秦安西北），先世流寓西域碎葉城（今吉爾吉斯斯坦共和國托克馬克附近），相傳李白即降生於此地。他幼年隨父親遷居今四川江油青蓮鄉，25歲離家，漫遊襄漢、吳越、齊魯等地。天寶初年，李白入長安，擔任祕書監的老詩人賀知章讀了他的詩作《蜀道難》，大加讚賞。李白旋即被唐玄宗召見，供奉翰林；其後不久又因受宦官高力士和楊貴妃的讒毀，離開長安，遊歷魯越等地。安史之亂爆發後，李白被永王璘辟為幕僚，永王璘受朝廷疑忌而被擊敗，李白受牽連而流放夜郎，行至白帝城，遇赦得返，又開始了他晚年的風塵飄泊。762年，這顆詩壇巨星在當塗（今安徽馬鞍山）隕落了。

　　李白的一生，是嚮往人生自由與不懈地追求事業成功的一生。但是，正如程千帆先生在《唐詩鑒賞辭典·序言》中指出的，「自從賀知章稱之為『謫仙人』，後人又尊為詩仙，這就構成了一種錯覺，好像李白所以偉大，就在他的人和詩具有他人所無的超現實性。這是可悲的誤會。事實上，沒有一位偉大的浪漫主義者是超現實的，李白何能例外？開元、天寶時代的其他詩人往往在高蹈與進取之間徘徊，以包含得有希冀的痛苦或歡欣來搖盪心靈，醞釀歌吟。李白卻既毫不掩蓋他對功名事

業的嚮往，同時又對那些取得富貴利祿的附加條件棄之如敝屣。他熱愛現實生活中一切美好的事物，而對其中不合理的現象毫無顧忌地投之以輕蔑。這種已被現實牢籠，卻又願意接受，反過來卻想征服現實的態度，乃是後代人民反抗黑暗勢力與庸俗風習的一股強大的精神力量。這也許就是李白的獨特性，和杜甫那種始終以嚴肅的、悲憫的心情注視、關心和反映祖國、人民的命運的那種現實主義精神，是相反的而又相成的。」這一段話精闢地分析了李白的人生態度，準確地闡述了李白的風格與精神的內涵及其獨特魅力所在。

李白是一個天才的詩人，也是一個勤奮的詩人。他繼承了前代文學的優秀遺產，廣泛吸收了從《詩經》、楚辭、漢樂府、六朝詩歌直到當代詩人的創作經驗和技巧，推陳出新，後來居上。屈原作品中的熱烈情感與奇幻想像，莊子寓言中的狂放意緒與荒誕構思，道教的長生遊仙思想，史傳中任俠豪傑之士迴腸盪氣的英雄作為，都融匯於其心靈與詩歌的血脈之中，塑造了他熱愛自由反抗羈縻的豪邁天性，也成就了他「筆落驚風雨，詩成泣鬼神」的藝術境界。

李白的感情世界極其豐富，他的詩歌題材也極為廣泛。他以詩描繪祖國的壯麗山河，歌頌純潔的友誼和愛情；他以詩表達自己對時事的關注和觀點，揭露和鞭撻

封建社會的黑暗和醜陋；他以詩宣告自己「安能摧眉折腰事權貴，使我不得開心顏」（《夢遊天姥吟留別》），卻毫不掩飾和吝惜對普通人民的同情的眼淚。無論贈行送別（如《贈汪倫》、《黃鶴樓送孟浩然之廣陵》），還是登臨遊覽（如《望廬山瀑布》、《登金陵鳳凰臺》）；無論山川邊塞（如《山中問答》、《塞下曲》），還是懷古諷今（如《夜泊牛渚懷古》、《古風》之十五），他都投入了熾熱真摯的情感，付出了創造性的努力。如果說仙、俠、酒是李白詩中最多見的三個意象，那麼可以說，它們分別代表了其思想感情的三大傾向：飄逸、勇武、熱烈。

　　李白留下了千餘篇詩作，包括五七言古詩、樂府歌行、五七言律絕等各種詩體，其中五言詩又多於七言詩，樂府歌行又多於律絕。他的五言古詩如《古風》五十九首，近承陳子昂、張九齡，遙接漢魏風骨，蒼勁雄渾，又以古淡的詞采取勝。他的五律詩雄健高遠，可與孟浩然頡頏。他的五絕詩玲瓏剔透，清空明靜，只有王維可與之相提並論。他的七絕含蓄蘊藉，意境深遠，在盛唐詩壇與七絕聖手王昌齡旗鼓相當，並稱大師。他的樂府歌行如《蜀道難》、《將進酒》、《行路難》、《夢遊天姥吟留別》等，一氣貫注，酣暢淋漓，不僅在當時少有其匹，後人也難以望其項背。他的七律詩作最少，集中僅八首（由於標準不同，有人統計為十首），所以後人

有李白不工七律之說。其實，這只是因為他生性放達不羈，不願為格律束縛，偶一為之，也是以氣運詞，別為一格。《登金陵鳳凰臺》就是一篇不同凡響的七律，詩的意脈完全是由那股天才豪縱之氣貫穿而成的。總之，可以說，任何一個詩體，只要李白用心或者留意過，他都能達到當時詩藝的頂峰，佳作之多，舉不勝舉。

濃烈的感情，瑰奇的想像，誇張的筆墨，在李白豪放詩風中得到了完美的統一。李白的詩風以豪放為基調，表現出多姿多態、五彩斑斕的豐富性，或雄渾，或悲壯，或飄逸，或清峻，或奇險，或古淡，或深情綿邈，或蕭疏自然。風格的多樣性與獨特性的辯證統一，正是李白這樣的大師級詩人所特有的風貌。

玄宗天寶十四年（755）爆發的安史之亂，是唐王朝由盛而衰的轉折點。這場持續八年的叛亂，給唐代社會的政治、經濟、文化造成了極大的破壞。杜甫（712—770）是不幸地遭遇這個離亂動盪的時世而又幸運地生存下來的少數幾個盛唐詩人之一。他生命中的最後幾年實際上已跨入中唐。從時代座標來看，杜甫可以說是盛唐的最後一位詩人，從他對詩壇的影響來看，也可以說是中唐的第一位詩人。最早對杜甫詩作出崇高評價的正是中唐的兩個重要詩人元稹和韓愈。

如果說李白更多地接受了老莊道家思想的影響，那

麼，杜甫則是自幼接受儒家思想文化的薰陶。他一生抱着「致君堯舜上，再使風俗淳」（《奉贈韋左丞丈二十二韻》）的遠大理想，以滿腔熱忱關注社會現實和人民生活。他是從《詩經》、漢樂府開始的我國詩歌現實主義傳統的繼承者和光大者。杜甫對社會有一種執著的責任感，他在觀察社會、審視局勢時，能保持清醒的理性和現實的態度。這使杜甫能夠透過開天盛世花團錦簇的繁華外表，看到其中潛藏着的危機。這使他的詩歌有同時代其他詩人所不及的深沉的現實感和憂患意識。強烈的責任感和深沉的憂患意識在他後半生的詩作中愈益顯著。十年長安的困守，理想願望的落空，昏聵腐敗的當權者和喪亂冷酷的現實，使飽經滄桑的詩人越來越清醒，也越來越勇敢。他維護祖國的統一，反對軍閥的割據叛亂，把自己的命運同國家的盛衰、民族的興亡和人民的哀樂緊緊地聯繫在一起。「許身一何愚，竊比稷與契」（《自京赴奉先縣詠懷五百字》）的報國大志，「窮年憂黎元，歎息腸內熱」（同上）的憂民感歎，「感時花濺淚，恨別鳥驚心」（《春望》）之類對國事的憂念，「安得壯士挽天河，盡洗甲兵長不用」（《洗兵馬》）等對和平的美好嚮往，「安得廣廈千萬間，大庇天下寒士俱歡顏」（《茅屋為秋風所破歌》）的博大胸襟……這些旋律經常迴蕩在他的詩歌中。他的詩以如椽之筆，生動地反映了

唐王朝經歷由盛而衰的變化的歷史真實，形象地描繪了安史之亂前後唐代社會的方方面面。他的詩不僅關注現實，而且理直氣壯、憎愛分明地干預現實。杜詩在反映現實的廣泛性與深刻性上都達到了前所未有的高度，我國現實主義詩歌在杜甫手裏實現了一次新的飛躍。後人稱杜詩為詩史，其意義之一即在於此。

杜詩的基本風格是沉鬱頓挫，這與他飽經憂患的人生經歷和博大的愛心是互為表裏的。《登高》、《秋興八首》、《詠懷古跡五首》都是體現這種詩風的典型。為了成功地、藝術地反映社會現實，抒發內心情懷，杜甫進行了持續不懈的努力，作了多方面大膽的試驗。「別裁偽體親風雅，轉益多師是汝師」（《戲為六絕句》之六），實在說得上是夫子自道。杜甫出身於書香門第，家世有詩學傳統，先天即聰穎異常，後天又十分刻苦。和李白一樣，他在總結從《詩經》、屈原到當代詩人的創作經驗和技巧的基礎上，勇於創新，成就令人矚目。對偶聲律、謀篇佈局、運氣遣詞，無論哪個方面，他都留下了許多成功的實踐和寶貴的啟示。在晚年，杜甫尤其專力於詩律的精嚴完善，一方面是「老去詩篇渾漫與」（《江上值水如海勢聊短述》），一方面是「晚節漸於詩律細」（《遣悶戲呈路十九曹長》）、「語不驚人死不休」（《江上值水如海勢聊短述》）。近體詩形式在杜甫手裏曲盡其

變，各種語言，不管是成語典故還是口語俗詞，經過他的鍛煉，在篇中都能各得其所，熨帖妥當，閃耀出新的光輝。因此，近體詩的表現範圍大為拓寬，而其內涵亦顯著豐富。

元稹在《唐故工部員外郎杜君墓係銘》中這樣評價杜甫：「上薄風騷，下該沈、宋，古傍蘇、李，氣壓曹、劉，掩顏、謝之孤高，雜徐、庾之流麗，盡得古今之體勢，而兼人人之所獨專矣。」以樂府詩而論，杜甫「即事名篇，無復依傍」（元稹《樂府古題序》），為樂府詩反映現實開闢了一條新的道路，是新樂府詩體和新樂府運動的先行者。他的五七言巨篇，如《北征》、《奉贈韋左丞丈二十二韻》、《自京赴奉先縣詠懷五百字》等，縱橫捭闔，起伏跌宕，氣勢磅礴，充分發揮了長篇詩歌敘事又兼抒情的功能。他的五言排律顯示了深厚的學養和精湛的藝術功力。他的創闢使五言排律從此成為漢語詩歌的一個重要體裁。五七言律詩是杜甫最得心應手的抒情工具。對這位偉大詩人來說，格律根本不是束縛，而是一種必不可少的美的形式。在形式和內容上都美中不足的七律詩體，到杜甫手裏才最後發展成熟，臻於完善，真正表現出巨大的情感容量和特殊的藝術魅力。為了進一步擴大古近體詩藝術表現的深度和廣度，杜甫大量並創造性地運用了五七言組詩或聯章詩的形式，寫下

了諸如《三吏》（《石壕吏》、《潼關吏》、《新安吏》）、《三別》（《新婚別》、《垂老別》、《無家別》）、《前出塞九首》、《後出塞五首》、《秦州雜詩二十首》、《絕句漫興九首》、《諸將五首》等佳作。他不僅把政治內涵引入七律詩體，使七律擺脫了應制奉和的狹窄的題材空間，步入了一片大有作為的廣闊天地，成為抒寫時事情意的重要詩體，而且將議論引入近體絕句，為絕句開闢了新的發展方向——著名的《戲為六絕句》開創了論詩絕句（組詩）的傳統。總之，杜甫對詩歌尤其近體詩的創造性的貢獻是多方面的。他不僅繼承了傳統，而且豐富了詩歌藝術，光大了文學傳統，對後代產生了巨大而深遠的影響。他的「詩聖」的冠冕，杜詩「集大成」的榮譽，就是這樣獲得的。

　　詩仙、詩聖各有所長，同樣是唐代詩歌的寶貴遺產，是古老詩國的驕傲。

三
野火燒不盡，春風吹又生
——中唐詩

野火燒不盡，
春風吹又生。

——白居易《賦得古原草送別》

　　從整體上看，中唐是唐詩的中興時期。盛唐詩為中唐詩的發展提供了豐厚的基礎，又促使中唐詩人通過新變以求雄踞於詩國之中。另一方面，安史叛亂造成的社會殘破和帶來的精神打擊，使亂後的許多詩人心上蒙了一層陰翳。開元盛世已成美夢一般的記憶。盛唐時代的傑出詩人杜甫和岑參活到大曆五年（770），他們晚年的創作已超越了盛唐之音，可以納入中唐詩的範疇。時移

世異，活躍於大曆年間、因安史之亂而播遷異地的詩人已不再有盛唐詩人那種豪爽、樂觀、自信。他們的詩歌的音調也不再那麼高亢，氣勢也隨之收斂。與幾十年前的狀況相比，大曆（766—780）詩壇顯得有些低落岑寂。此時下距憲宗元和（806—820）時期唐詩的再度繁榮，尚有二三十年的光陰。這是兩次高潮之間的低谷。

即便如此，以盛唐詩歌為背景而邁步的大曆詩歌還是相當可觀的。代表大曆詩歌的特點和成就的，是大曆十才子和包括劉長卿、皇甫冉、嚴維、張繼、李嘉祐、朱放等人在內的江南詩人群，以及韋應物、戴叔倫、張志和等人。在講到這些詩人之前，還要提一下介於盛唐與中唐之間的元結（715—772）和他周圍的詩人。

元結的詩歌思想上承陳子昂，以風雅相號召。他強調詩作要反映時事，關注民生疾苦，而不着重詩的格律、聲病和辭采。他的詩以古風和樂府歌行為主，大多質直古樸，敢於揭露社會矛盾，為人民的苦難而呼籲，與杜甫殊途同歸。《賊退示官吏》和《舂陵行》譏刺時政，頗為大膽深刻，很受杜甫讚賞。杜甫《同元使君〈舂陵行〉》詩中，「道州（元結時任道州刺史）憂黎庶，詞氣浩縱橫。兩章對秋月，一字偕華星」諸句，就是稱讚元結的。元結編了一本《篋中集》，收錄沈千運、王季友、于逖、孟雲卿、張彪、趙微明、元融等七人的詩，他們

都是元結的同調。其中，沈千運、趙微明、孟雲卿的詩作水準較高。這一群詩人是杜甫與元白張王新樂府運動之間的橋樑。

大曆十才子是大曆時期十個詩人的合稱。他們是錢起、盧綸、司空曙、李端、苗發、耿湋、崔峒、吉中孚、夏侯審、韓翃（關於大曆十才子之具體所指，後人說法不一，這裏只介紹一種較為原始的說法）。十才子和江南詩人是當時詩壇的兩大創作群體，藝術傾向比較接近。他們多以山水風景為題材，追步盛唐，力圖寫得清淡閑遠，但在字裏行間卻不免流露出淒然的身世感慨。他們的詩多用以送行酬贈，雖然並未全然忘懷現實，但詩中出現最多的仍是對時序遷流、節物變化的敏感，對人事升沉離合的吟歎，以及對日常生活情事和場景所作的精細的描繪和品味，常常夾帶着柔美的感喟，而缺少盛唐詩的渾厚。在藝術形式上，他們傾向於選用五七律來抒情寫意，並在鍛字煉句上投入相當多的心力，使律體變得更加圓潤精美。追求深婉柔麗的格調，塑造淡泊寧靜的詩境，注重主觀情趣的宣達，這種對稍後的韋應物、戴叔倫以及劉禹錫、柳宗元等人特別是晚唐詩壇都產生了影響的審美風氣，是由大曆詩人開創的。在他們當中，成就較高、藝術特色較為突出的是劉長卿、錢起、盧綸、李益、司空曙五人。

劉長卿（？—790？）擅長五言詩，自詡為「五言長城」。其實，他在七言詩創作上也有很深的造詣。《長沙過賈誼宅》就是一首成功的懷古七律。「漢文有道恩猶薄，湘水無情弔豈知」一聯，幽怨之外，含有譏諷。《別嚴士元》則是一首幽美的贈別詩。劉長卿善於即景抒情，寫景如畫，詩語凝煉，意境清遠。如《逢雪宿芙蓉山主人》：「日暮蒼山遠，天寒白屋貧。柴門聞犬吠，風雪夜歸人。」又如《送靈澈上人》：「蒼蒼竹林寺，杳杳鐘聲晚。荷笠帶夕陽，青山獨歸遠。」他的五言詩堪稱王孟的後勁。從年輩上看，他與杜甫接近，但成名則在大曆時期，與錢起同為大曆詩風的主要代表，並稱「錢劉」。

錢起（710？—782？）又與同時的郎士元齊名，並稱「錢郎」。他名列十才子之首，在大曆詩壇有很高的聲望。大曆末年，高仲武編《中興間氣集》，把錢起列為卷上第一人，稱他的詩「體格新奇，理致清淡」。這八個字正好也概括了大曆詩壇的普遍風氣。《中興間氣集》摘舉錢起詩的佳句，有「鳥道掛疏雨，人家殘夕陽」，「牛羊上山小，煙火隔林疏」，「長樂鐘聲花外盡，龍池柳色雨中深」等，稱讚它們「特出意表，標雅古今」。但錢起最為人熟知的詩句是那首《省試湘靈鼓瑟》的空靈的結尾：「曲終人不見，江上數峰青。」以至人們傳說其構思乃得神靈之助。

李益（748─829）和盧綸（？─799？）是表兄弟。兩人都擅長邊塞詩，是中唐邊塞詩的主力。盧綸的五絕《和張僕射塞下曲》六首頗為有名。李益尤以邊塞詩擅長，有《從軍北征》、《過五原胡兒飲馬泉》、《邊思》、《夜上受降城聞笛》等名篇。「回樂烽前沙似雪，受降城外月如霜。不知何處吹蘆管，一夜征人盡望鄉」（《夜上受降城聞笛》）。「天山雪後海風寒，橫笛偏吹行路難。磧裏征人三十萬，一時回首月中看」（《從軍北征》）。這些詩反映了征人的鄉思和悲壯的情懷。盧綸、李益的詩歌題材比較廣泛。盧綸的《晚次鄂州》、《逢病軍人》反映戰亂現實，李益的《喜見外弟又言別》和盧綸的《送李端》則在離情別緒中滲出了離亂滄桑的慨歎。李益《宮怨》：「似將海水添宮漏，共滴長門一夜長」，極盡誇張之妙；《江南曲》：「嫁得瞿塘賈，朝朝誤妾期。早知潮有信，嫁與弄潮兒。」則饒有民歌風韻。

司空曙（720？─790？）和盧綸也是表兄弟。他的詩也多描繪山川景色，抒寫羈旅鄉愁和離合悲歡的感慨，有時不免有蕭瑟之感。《雲陽館與韓紳宿別》：「故人江海別，幾度隔山川。乍見翻疑夢，相悲各問年。孤燈寒照雨，濕竹暗浮煙。更有明朝恨，離杯惜共傳。」生動地傳達了黯淡的心境和淒冷的情調，與《喜見外弟又言別》異曲同工。《喜見外弟盧綸見宿》也通過特殊的情

景烘托和氣氛渲染，表現寂寞和蒼涼之意：「雨中黃葉樹，燈下白頭人。」這種感受及其表現是富有時代特色的，但同時離盛唐之音也愈來愈遠了。

此外，其他詩人也各有一些眾口傳誦的好詩，如張繼有《楓橋夜泊》、《閶門即事》，張志和寫過《漁歌子》，韓翃寫過《寒食》。女道士李冶《寄校書七兄》也不失為一首別致的五律佳作。

韋應物、戴叔倫、顧況等人活躍於大曆至貞元間，是大曆與元和詩壇的中間環節。韋應物（737—792？）早年任俠使氣，生活豪縱，安史之亂後才折節讀書，曾官江州刺史、蘇州刺史，後人因此稱他為韋江州、韋蘇州。韋應物擅長寫山水田園風物，是王孟詩派在中唐的繼承者。他仰慕陶淵明，詩風清淡閑雅，也和陶淵明相近。他的五絕《秋夜寄邱二十二員外》：「懷君屬秋夜，散步詠涼天。山空松子落，幽人應未眠。」清幽古淡，簡樸有味。《滁州西澗》是一首著名的山水詩：「獨憐幽草澗邊生，上有黃鸝深樹鳴。春潮帶雨晚來急，野渡無人舟自橫。」蕭疏閑逸之中露出不得志的淡淡憂傷。韋應物在詩中努力追求一種恬淡的境界，但同時，他也熱情地關注着現實，對人民的疾苦寄予真誠的同情。在《寄李儋元錫》中，他曾作過這樣的自我表白：「身多疾病思田里，邑有流亡愧俸錢」，不禁讓人肅然起敬。戴叔倫

（732—789）一方面以樂府歌行描寫農村和邊塞，情真詞直；一方面以五七絕題詠自然山水景物，清麗蘊藉。如《三閭廟》：「沅湘流不盡，屈子怨何深！日暮秋風起，蕭蕭楓樹林。」又如《題稚川山水》：「松下茅亭五月涼，汀沙雲樹晚蒼蒼。行人無限秋風思，隔水青山似故鄉。」顧況（727？—819？）受道家隱逸思想影響，自稱華陽真逸，他的創作態度與詩風卻和元結等人相近，以古雅為宗，是元白張王樂府的先聲。他的《囝》、《公子行》等詩，直面現實，較為著名。

安史之亂平定後，政治逐漸穩定，經濟日益恢復。到憲宗元和（806—820）、穆宗長慶（821—824）前後，一度低落的詩壇又沸騰起來了。元和長慶年間，詩歌創作再度興盛，而韓孟詩派與元白詩派是這一時期詩壇的主角。

韓孟詩派包括韓愈、孟郊、賈島、姚合、李賀、盧仝等人；元白詩派除元稹、白居易以外，還有王建、張籍、李紳等人。兩派幾乎覆蓋了當時所有的主要詩人。那個時代的主要詩歌現象如「以文為詩」、元和體、新樂府體、新樂府運動等，都與這兩個詩派密不可分。前人說「元輕白俗」、「郊寒島瘦」，在一定程度上，就是針對兩派的不同創作風格而言。從美學追求上說，兩派趨向不同：韓孟詩派崇尚怪奇，偏重主觀化的表情達意方

法；元白詩派則崇尚寫實、通俗、詳盡。元和時代，盛唐的繁榮已經消逝，雖然王朝傾覆的威脅暫時解除，深刻的政治危機和社會危機並未根除，土地兼併、宦官專權、藩鎮割據等嚴重的社會問題依然存在。詩人普遍懷着中興的願望，並意識到危機的潛伏，因此立志改革，並企圖以詩歌傳達心聲，干預現實。這集中體現在詩人尤其是元白詩派的創作中。從創作態度與方法上看，這些詩人是現實主義的，從創作目的上看，又有較明顯的政治功利傾向。而另一派詩人則致力於探索詩歌境界的開拓和表現手段的更新，在開拓現實世界的同時，更注重開拓人的心靈世界和詩歌的藝術世界。前者的詩風多平易流美，後者的詩風多瘦硬奇險，二者互補，相反相成地合成為中唐詩壇的風貌。

韓孟詩派的主將韓愈（768—824）是唐詩史上具有獨特的風格和深遠影響的詩人之一。如果說，大曆詩人還有意無意地追步盛唐詩風，那麼，至貞元、元和時代，詩人們已越來越強烈地感到獨闢蹊徑、別開生面的必要性和迫切性了。韓愈是最自覺最突出地在創作中追求新變，創造與盛唐詩迥然不同的風貌的一個詩人。這位早年仕途坎坷、晚歲官至吏部侍郎、死後諡號為「文」的詩人，在中國思想史、散文史和詩歌史上都扮演了十分重要的角色。他以維繫儒家道統為己任，主張文以明

道。他提倡並領導了唐代古文運動，進行文風和文體改革，作出了巨大的貢獻，以至後人稱其「文起八代之衰，道濟天下之溺」（蘇軾《潮州韓文公廟碑》）。他創造性地運用了「以文為詩」的創作方法，更新並豐富了詩的藝術表現手段。他的詩一方面是新奇險怪，另一方面是清勁流暢，都跟他的創作方法有關。

所謂「以文為詩」，是指打破詩歌尤其是近體詩發展到中唐時代在對仗、粘連、平仄等方面已經形成的日益深厚牢固的諸種傳統，突破各種陳規舊式，通過局部的反均衡、反和諧，達到整體的新的和諧和均衡；努力吸收散文的句法、篇章、結構等因素；剝落詩中過多的詞藻和音色的裝飾，使詩更明顯地裎露它的骨幹和本質。為避免詩語流滑，韓愈在詩中大膽使用生硬奇崛的字詞與意象，發掘常人不敢或不屑於使用的詩料，開闢出狠重奇險的藝術境界。許多原來不美的甚或是醜的東西經他的詩筆點化，變腐朽為神奇，放射出令人驚訝的光輝，雖然這也導致他的某些詩作險怪晦澀，詰屈聱牙。可以不誇張地說，韓愈詩以不美為美、以醜為美、以非詩為詩，為詩歌樹立了一個新的美學標準。這一新標準對當時一批青年詩人很有號召力和影響作用。李賀、賈島、盧仝等人都以不同方式起而回應。宋代江西詩派瘦硬生新的作風也受了這種創作方法的影響。

　　韓愈本人以散文筆法創作的詩作有清勁疏暢和怪僻生澀之別。後者如《南山詩》、《城南聯句》、《陸渾山火》、《月蝕》等篇，奇才博學，光怪陸離，比較難讀。前者則一般讀者比較容易欣賞，因而知名度更高一些，如《山石》、《雉帶箭》、《謁衡嶽廟遂宿嶽寺題門樓》、《八月十五日夜贈張功曹》和《左遷至藍關示姪孫湘》等。今舉古今體詩各一首為例：

山石犖确行徑微，黃昏到寺蝙蝠飛。升堂坐階新雨足，
芭蕉葉大梔子肥。僧言古壁佛畫好，以火來照所見稀。
鋪牀拂席置羹飯，疏糲亦足飽我飢。夜深靜臥百蟲絕，
清月出嶺光入扉。天明獨去無道路，出入高下窮煙霏。
山紅澗碧紛爛漫，時見松櫪皆十圍。當流赤足蹋澗石，
水聲激激風吹衣。人生如此自可樂，豈必局束為人鞿？
嗟哉吾黨二三子，安得至老不更歸。

　　　　　　　　——《山石》

一封朝奏九重天，夕貶潮州路八千。欲為聖明除弊事，
肯將衰朽惜殘年。雲橫秦嶺家何在？雪擁藍關馬不前。
知汝遠來應有意，好收吾骨瘴江邊。

　　　　　　——《左遷至藍關示姪孫湘》

　　《山石》寫一天遊蹤，純用山水遊記的筆法，跌宕起伏，照應從容，章法自然，針線細密，於簡潔中見清勁，於流暢中寓壯美。《左遷至藍關示姪孫湘》縱橫開闔，以文章之法行於律詩，以虛詞串連直敍，渾成而沉雄，可謂善於學習杜甫七律而別開生面。

　　韓愈學力深湛，才具多方。他的詩不僅能「橫空盤硬語，妥帖力排奡」（《薦士》），顯得古樸蒼勁；也會「奸窮怪變得，往往造平淡」（《送無本師歸范陽》）。或清新明麗，如《晚春》：

草樹知春不久歸，百般紅紫鬥芳菲。
楊花榆莢無才思，惟解漫天作雪飛。

或質樸自然，明白如話，如《早春呈水部張十八員外二首》其一：

天街夜雨潤如酥，草色遙看近卻無。
最是一年春好處，絕勝煙柳滿皇都。

這兩首小詩都寫春天，一為晚春，一為早春，蹊徑不同，卻都體現了他寫景傳趣的技巧，說明他有深厚的藝術功力。此外，他的《薦士》、《調張籍》等詩，還表達

了他對文學史的遠見卓識，是重要的論詩篇章。

韓愈的好友、得到韓愈高度評價的詩人孟郊（751—814），字東野，對韓愈詩風的形成起過一定的影響。孟郊一生窮困潦倒，前人以「寒瘦」品評他和賈島的詩風，也兼指他們生活的窮愁清苦。寒瘦詩風正是清苦的生活經歷和心理體驗在詩中的自然流露。沉重的生活負擔，「借車載傢俱，傢俱少於車」（《借車》）的貧困生涯，怎麼能使詩人唱出歡愉的歌聲呢？「昔日齷齪不足誇，今朝放蕩思無涯。春風得意馬蹄疾，一日看盡長安花」（《登科後》）。這樣的意氣風發，神采飛揚，在孟郊是難得一遇的。他長於五言詩，工於鍛煉字句，語言精警，而總體風格卻以古淡瘦勁為主。窮寒愁苦的聲音經常自覺或不自覺地滲入詩卷的字裏行間。他嗟歎老病窮愁的《秋懷》第二首可以代表這一類型的詩風：

秋月顏色冰，老客志氣單。冷露滴夢破，峭風梳骨寒。
席上印病文，腸中轉愁盤。疑懷無所憑，虛聽多無端。
梧桐枯崢嶸，聲響如哀彈。

這裏的色調是冷峭的（「冰」、「冷露」、「峭風」、「梳骨寒」），氣氛是衰颯的（「老」、「單」、「破」、「骨」、「枯」），情緒是低沉的（「病」、「愁」、「疑」、「虛」、

「哀」），而字句卻異常凝練，十分有力。露能滴進夢裏，風可梳理瘦骨，尤其引人注目，是詩中的警句。金代元好問《論詩三十首》之十八這樣評價孟郊：「東野窮愁死不休，高天厚地一詩囚。」然而，對於孟郊來說，作詩神的囚徒，將窮困的一生奉獻給詩歌創作，是心甘情願的。

孟郊也有一些質樸自然、情真意切的小詩佳作，如歌頌偉大而高尚的母愛的《遊子吟》：「慈母手中線，遊子身上衣。臨行密密縫，意恐遲遲歸。誰言寸草心，報得三春暉。」但人們更多記住的是他的瘦硬詩風和他的苦吟態度。在這個時候，他的名字往往跟賈島一起出現。

「郊島兩詩囚」，這是元好問《放言》中的說法。賈島（779—843）的生活經歷和創作態度與孟郊相似，而苦吟的名聲比孟郊更大。作詩幾乎是他生活的全部，成為他生命的支柱。他在《戲贈友人》詩中自謂：「一日不作詩，心源如廢井。」他的一些傳誦甚廣的詩句，如「鳥宿池邊樹，僧敲月下門」（《過李凝幽居》）、「秋風吹渭水，落葉滿長安」（《憶江上吳處士》）、「獨行潭底影，數息樹邊身」（《送無可上人》），都是在極其癡迷忘我的狀態中創作出來的。傳說他騎着一匹瘦驢，在長安大道上反覆吟誦着上舉第一聯詩句，考慮用「推」字還是用「敲」字效果更好，不慎衝撞了京兆尹韓愈的車隊；吟上

舉第二聯時，又衝撞了京兆尹劉棲楚的車駕；而第三聯詩則是「二句三年得，一吟雙淚流」。這些故事雖然未必真實可信，但卻生動地刻畫出一個全身心投入詩歌創作的詩人形象。賈島作詩與孟郊一樣，喜歡創造幽僻清奇的意境，感歎自己愁苦坎坷的際遇。他擅長五律，尤愛錘煉五律中間兩聯。這一創作嗜好及風格取向對中晚唐詩人尤其是稍後的周賀、喻鳧、方干、李洞、盧延讓等苦吟詩人都有顯著影響。

姚合（775？—855？）是開元名相姚崇的曾姪孫，其五言詩與賈島齊名，並稱「姚賈」。姚合也以五律見長，多寫蕭條荒涼的凋敝風景，洗淨穠麗的色澤，趨向淺淡，與賈島的艱硬瘦苦不同。他的詩作以《武功縣中作》三十首最著名。但姚合的詩同樣存在格局窄小、氣度衰弱的缺點。

9 世紀初年，詩壇出現了一個天才的青年詩人李賀（790—816），他 27 歲的生命像一顆閃亮的流星劃破中唐詩史的天空，引起大地上一片讚歎和惋惜之聲。李賀雖然是李唐宗室的後裔，但他出生時家道早已沒落。由於他的父親名叫晉肅，晉與進同音，有人就說他要避諱，不能參加進士考試，只能當一個卑微小官。李賀是一個胸懷大志、十分自負而又極其敏感的詩人，在這種排擠壓迫之下，他的心靈感受着憂鬱苦悶，他的靈魂甚

至扭曲、變形。他把自己的憂鬱、苦悶、悲傷、憤懣和控訴一概傾注於詩中，使自己成為中國詩史上最著名的歌唱憂鬱和苦悶的詩人。政治理想的幻滅和絕望，現實壓迫的沉重壓抑，促使他的詩歌關注點由社會轉向個人，由客觀轉向主觀，由外部世界轉向內心世界。他用詩歌為自己構築了一個夢幻的天堂，一個理想的聖殿，一個心靈的安全島，他把自己幽微曲折的內心感情世界一無保留地真實地袒露在詩神之前。他喜歡用沉重的色彩、淒冷的字眼，喜歡使用墳墓、鬼魂、地獄、黑夜、血淚、死亡、哭泣等偏冷、偏暗的意象，正是與他內在的幽冷悲苦的情感心理同構的。詭異的想像、誕幻的構思、冷豔的色彩、跳躍的空間、奇異的感覺，塑造了李賀與眾不同的審美個性。奇情異想、大膽誇張和變形手法使李賀詩歌的措辭具有極其強烈的主觀色彩和極為突出的個性化特徵：

獨攜大膽出秦門，金粟堆邊哭陵樹。

　　　　　——《呂將軍歌》

一雙瞳人剪秋水。

　　　　　——《唐兒歌》

缸花夜笑凝幽明。

　　　　　——《河南府試十二月樂詞·其十月》

天若有情天亦老。

　　　　　——《金銅仙人辭漢歌》

羲和敲日玻璃聲，劫灰飛盡古今平。

　　　　　——《秦王飲酒》

　　這些非常規、非理性的遣詞造句和意象組合，顯示了強烈的主觀化、感性化的風格特色。李賀很善於把精微的感覺印象化為曲折峭奇的藝術形象，如《李憑箜篌引》：

吳絲蜀桐張高秋，空山凝雲頹不流。江娥啼竹素女愁，
李憑中國彈箜篌。崑山玉碎鳳凰叫，芙蓉泣露香蘭笑。
十二門前融冷光，二十三絲動紫皇。女媧煉石補天處，
石破天驚逗秋雨。夢入神山教神嫗，老魚跳波瘦蛟舞。
吳質不眠倚桂樹，露腳斜飛濕寒兔。

詩人別出心裁地運用了現代美學中所謂藝術通感的原理，再現了包括視覺、聽覺、觸覺等在內的豐富的感覺

印象，使這首描繪音樂的詩光怪陸離而又動人心魄。

「我有迷魂招不得，雄雞一唱天下白」（《致酒行》）。在迷惘失落中，李賀一面躑躅於「思牽今夜腸應直，雨冷香魂弔書客。秋墳鬼唱鮑家詩，恨血千年土中碧」（《秋來》）的淒冷悲苦的境界中，一面在夢遊月宮中寄託自己無處安頓的靈魂：「老兔寒蟾泣天色，雲樓半開壁斜白。玉輪軋露濕團光，鸞佩相逢桂香陌。」（《夢天》）李賀短暫的一生，對時間懷着飄忽、虛幻以及濃重的感傷意識。他繼承了從屈原到李白的浪漫主義詩歌傳統，又從六朝樂府、齊梁豔體詩中搜奇獵豔，加上新奇的感覺、豐富的想像、峭奇詭異的語言，創造了冷豔幽美的詩的意境。李賀在《高軒過》中寫道：「筆補造化天無功」，這正可以用來形容這個詩壇鬼才嘔心瀝血的創作。

臺灣著名詩人余光中認為，韓愈周圍的幾個詩人幾乎都有因精神壓抑苦悶而造成的心理變態和靈魂扭曲。在李賀，是一面玩賞自己淒冷悲傷的心境，一面表現自大與才能，「在孟郊和賈島，這種變態是自卑加上自憐，在盧仝、馬異、劉叉，則是自卑的變相表現，成為自大。孟郊和賈島將自己的瘡疤盡情地公開，自虐兼而自憐，因而得到一種變相的滿足。盧仝等人則掩飾自己的瘡疤，且儘量幻想自己和偉大的事物合為一體。無論外在的表現是自卑的暴露狂，或是自大的誇張狂，其內在

鬱結恆是長期的壓抑」。他們的詩歌世界往往是超世俗、怪異、畸形的，他們的詩寫得晦澀、乖戾、背理，「在文字上古僻生冷，濃重拙露；在結構上，不規則而且不流暢；在慣用的古風之中顯示出散文的傾向；在音響上，好用突兀險仄之聲，狹促而不諧和；在意象上，輪廓顯著而筆觸有力，往往紛繁而且複疊」（《從象牙塔到白玉樓》）。這有助於我們從審美心理和藝術表現的角度理解韓孟詩派的創作。

元白詩派倡導的新樂府詩體和新樂府運動在元和長慶年間異軍突起。所謂新樂府是針對古樂府亦即樂府古題而言。樂府本來是指秦漢時代設立的音樂官署，後來兼指這一官署所採集與創作的詩歌。按照《漢書·藝文志》的說法，漢代樂府詩多「感於哀樂，緣事而發，亦足以觀風俗，知厚薄」。漢末建安時代，曹操等人借用樂府古題寫時事，很有新創。初唐詩人長孫無忌、劉希夷等人在樂府古題之外，間或創用新題，也可以說是樂府新題的濫觴。盛唐時代，杜甫《悲陳陶》、《哀江頭》、《兵車行》、《麗人行》等篇，以樂府詩體寫時事，「即事名篇，無復依傍」（元稹《樂府古題序》），其中蘊涵的現實主義精神與創作方法對於處在危機四伏、矛盾重重的中唐社會環境之中的詩人自有重要啟迪。

中唐新樂府詩體和新樂府運動就是在前人的這些基

礎上發展起來的。最初，李紳創作了《新題樂府》二十首，接着，元稹作《和李校書新題樂府二十首》，白居易更推而廣之，作《新樂府》五十首，正式將樂府新題定名為新樂府。此體形式上多為雜言歌行體，內容上則多寫時事，有所諷刺。雖然標名樂府，其實只是在感發現實的內在精神上與古樂府相通，形式上已全不入樂，有如舊瓶裝新酒。白居易提出了「文章合為時而著，歌詩合為事而作」（《與元九書》），「惟歌生民病，願得天子知」（《寄唐生》）的詩歌主張，力圖以詩歌反映中唐時代的現實和社會矛盾，希望對時政有所裨益。在新樂府詩的創作中，他還效法《詩經》和《詩小序》，採取「首句標其目，卒章顯其志」的寫作方法，使主題顯豁。在《新樂府序》中，他明確要求新樂府詩「其辭質而徑，欲見之者易諭也；其言真而切，欲聞之者深誡也；其事核而實，使采之者傳信也；其體順而肆，可以播於樂章歌曲也」。總之，語言的通俗化和明確的目的性是新樂府的兩大特點。張籍、王建二人早在創作中參用樂府新題與古題，在反映民生疾苦、揭露社會黑暗方面，與新樂府運動指向一致，對元白等人起了先導作用。於是詩壇上掀起了一場以新樂府詩為主導的現實主義詩歌運動 —— 新樂府運動。元稹、白居易、李紳、張籍、王建等人是這一運動的中堅力量，而白居易的詩歌理論主張與創作

實踐對新樂府起了指導示範作用。晚唐皮日休、陸龜蒙、羅隱、杜荀鶴，宋代王禹偁、梅堯臣、陸游，清代黃遵憲等人的詩創作，在一定程度上都可以說是這場現實主義詩歌運動的苗裔。儘管被認為是新樂府運動理論綱領之一的白居易《與元九書》誕生於《新樂府》五十首和《秦中吟》等詩之後，但是，文學理論與創作實踐之間的同步性和一致性，未必如影隨形那麼準確及時，似乎不能據此輕易否定新樂府運動的存在。

白居易（772—846）曾把自己的詩分為諷諭詩、閒適詩、感傷詩、雜律詩四類。《秦中吟》十首和《新樂府》五十首都屬於他所謂的諷諭詩。《秦中吟》中的《重賦》、《輕肥》、《歌舞》、《買花》等篇，《新樂府》中的《上陽白髮人》、《紅線毯》、《杜陵叟》、《繚綾》、《賣炭翁》、《鹽商婦》、《新豐折臂翁》、《澗底松》等篇，都明確諷諭時事，語言淺顯易懂，筆法爽直，主題豁然，傳誦甚廣。讓我們從中選讀二首：

意氣驕滿路，鞍馬光照塵。借問何為者？人稱是內臣。
朱紱皆大夫，紫綬悉將軍。誇赴軍中宴，走馬去如雲。
樽罍溢九醞，水陸羅八珍。果擘洞庭橘，膾切天池鱗。
食飽心自若，酒酣氣益振。是歲江南旱，衢州人食人！
　　　　　　　——《秦中吟》十首之七《輕肥》

賣炭翁，伐薪燒炭南山中。滿面塵灰煙火色，兩鬢蒼蒼十指黑。賣炭得錢何所營，身上衣裳口中食。可憐身上衣正單，心憂炭賤願天寒。夜來城外一尺雪，曉駕炭車輾冰轍。牛困人飢日已高，市南門外泥中歇。翩翩兩騎來是誰？黃衣使者白衫兒。手把文書口稱敕，回車叱牛牽向北。一車炭，千餘斤，宮使驅將惜不得。半疋紅紗一丈綾，繫向牛頭充炭直。

——《賣炭翁》

《輕肥》諷刺那些乘肥馬衣輕裘，奢侈腐化而不顧人民死活的達官貴人。在《賣炭翁》一詩題下，詩人注有「苦宮市也」四字，即所謂「首句標其目」，篇末「半疋紅紗一丈綾，繫向牛頭充炭直」，即所謂「卒章顯其志」。白居易新樂府詩體長於敍事，善於塑造人物的典型形象，在敍事中融入憎愛分明的感情傾向，曲折動人。他又善於以新銳的立意，在通俗淺顯的語言中製造峭奇的警句，如《輕肥》中的「是歲江南旱，衢州人食人」，《買花》中的「一叢深色花，十戶中人賦」，以及《紅線毯》中的「地不知寒人要暖，少奪人衣作地衣」，觸目驚心，常常能收到很好的藝術效果。

被白居易劃歸感傷詩的《長恨歌》和《琵琶行》，是白居易長篇敍事詩的傑作。袁行霈在《白居易的詩歌主

張與詩歌藝術》中說，「在中唐與傳奇小說發展的同時，出現了不少帶有故事性的長篇敍事詩。如元稹的《琵琶歌》、《連昌宮詞》，李紳的《悲善才》、《鶯鶯歌》，劉禹錫的《泰娘歌》等等。《長恨歌》和《琵琶行》是這一批敍事詩中最優秀的兩篇」。這兩篇詩「都有曲折的故事情節和濃鬱的抒情氣氛，它們藝術上最大的特點在於：敍事狀物求實而不泥於實，故能於流麗的描繪之中寓有雋永的情味。《長恨歌》敍述唐玄宗和楊貴妃的愛情故事，有詳有略，有虛有實，安排得十分精巧」，在比喻的運用、神態的描摹、情景的傳達、氣氛的烘托等方面都有獨到的功夫。《琵琶行》中形容琵琶音樂一段，繪聲繪色，妙喻迭出，尤見功力。這兩首長篇歌行使白居易享譽當世以及後代，證明了其非凡的藝術魅力。《霓裳羽衣歌》也是同一類別的一首優秀敍事詩。清初詩人吳偉業的名篇《圓圓曲》是這種感傷詩的嗣響。

如果說諷諭詩反映了白居易兼濟天下的人生志向，那麼閑適詩則體現了其「知足保和，吟玩情性」（《與元九書》）亦即獨善其身的思想傾向。思想的二重性造成創作上的兩種不同風貌，這在唐人是不足為奇的。白居易閑適詩為數不多，也有一些好的篇章，但畢竟不能代表其詩歌成就。

白居易還有一些律絕小詩，寫得情趣盎然，韻味悠

永，如《花非花》充滿朦朧美，《邯鄲冬至夜思家》語淡意新，《暮江吟》玲瓏，《錢塘湖春行》清麗，《放言五首》冷峻，《大林寺桃花》靈巧，都沒有其新樂府詩體常有的由於美刺比興方面急功近利而帶來的過於直、露、盡的毛病。這說明白居易一身擁有好幾副詩筆，而新樂府詩體那種寫法也是他有意為之的。

元稹（779—831）與白居易關係密切，唱和甚多，其詩風及詩論主張也與白居易頗多相近之處，所以，詩史上將二人並稱「元白」。元白數十年的友誼，使他們在詩的風格、題材、作法等方面都彼此影響。施蟄存先生曾指出，「白居易作《長恨歌》，元稹有《連昌宮詞》；白居易作《琵琶行》，元稹有《琵琶歌》；白居易作《霓裳羽衣歌》，元稹有《何滿子歌》……他們都主張詩應當有諷諭比興的作用。白居易作了《秦中吟》十首，《新樂府》五十首，元稹有《樂府古題》十九首，《新樂府》十二首，都是他們理論的實踐」（《唐詩百話》頁 509）。元白並稱，實際上元不如白，元稹樂府詩的數量、品質都不及白居易。《連昌宮詞》和《會真詩》是元稹兩首有名的長篇敘事詩，與《長恨歌》、《琵琶行》相比，終究是略遜一籌。前者受《長恨歌》的影響，後者是一首豔詩。

從詩裏看，元稹異常珍視友誼和愛情，是個感情深篤的人。他與友人的酬贈詩篇都寫得一往情深，如《聞

樂天授江州司馬》、《酬樂天頻夢微之》、《得樂天書》、《重贈樂天》等。元稹、白居易、劉禹錫等人的深厚情誼在中唐詩壇傳為佳話。元稹悼亡詩以纏綿哀婉的音調，吟唱夫妻之間的燕婉恩愛，表達了對其亡妻韋叢的懷戀。「惟將終夜常開眼，報答平生未展眉」（《遣悲懷三首》之三），「曾經滄海難為水，除卻巫山不是雲」（《離思》），都是感人至深的淒絕情語。如果蘇東坡所說的「元輕白俗」是指元稹的這一類詩作，那麼，這個「輕」字應是沒有什麼貶義的。

李紳（772—846）《新題樂府》十二首之創作先於元白的同類作品。遺憾的是，這些詩作全部都湮沒於歷史長河之中。傳世的《追昔遊詩》三卷「飾智矜能，誇榮殉勢」（《直齋書錄解題》卷十九），缺乏藝術欣賞的價值。倒是那不起眼的四十字使我們看到了詩人的仁愛之心，為李紳贏得了不朽的詩名。請讀《古風》二首：

春種一粒粟，秋收萬顆子。四海無閑田，農夫猶餓死。

鋤禾日當午，汗滴禾下土。誰知盤中餐，粒粒皆辛苦。

與元、白、李三人相比，張籍（770？—835）、王建（760？—830？）年輩稍長，而官位較為卑微，

但他們的樂府詩作卻對新樂府運動起了推動作用。雖然張、王與韓孟等人也有交往，但從創作傾向上說，他們主要屬於元白一派。張王樂府兼用古題和新題，與元白相比，比較注重用筆的含蓄、敍述的具體，議論鋪敍較少，語言於平易曉暢中時見省淨，這也減少了直、露、盡一類的疵累。據《雲仙雜記》記載，張籍曾將一本杜甫詩集燒成灰燼，然後再調以膏蜜喝了下去，自稱要讓肝腸「從此改易」，可見他對杜甫非常崇敬。實際上，他受杜甫的影響也的確很大。《野老歌》、《猛虎行》、《征婦怨》、《估客樂》、《成都曲》、《涼州曲》等，都是張籍樂府詩中的佳作。他又有《秋思》詩云：「洛陽城裏見秋風，欲作家書意萬重。復恐匆匆說不盡，行人臨發又開封。」以反常的行為表達對家人異常濃厚的思念，既精巧別致，又平淡自然，正可以印證王安石對他的詩歌的評語：「看似平常最奇崛，成如容易卻艱辛。」（《題張司業詩》）這種「奇崛」和「艱辛」，與杜甫「晚節漸於詩律細」、「語不驚人死不休」是一脈相承的。

王建樂府詩的風格與張籍大同小異，《望夫石》、《水夫謠》、《羽林行》、《溫泉宮行》是其代表作。「望夫石，江悠悠。化為石，不回頭。山頭日日風復雨，行人歸來石應語。」以少總多，蘊蓄豐富，語句仿佛信手拈來，實則筆力遒勁。王建的五絕新巧清美，饒有意趣，如《新

嫁娘詞三首》其一：「三日入廚下，洗手作羹湯。未諳姑食性，先遣小姑嘗。」又如《十五夜望月》：「中庭地白樹棲鴉，冷露無聲濕桂花。今夜月明人盡望，不知秋思落誰家？」王建還有《宮詞》一百首，當時傳播頗廣，仿效者也多，只是為了湊足百篇之數，各首之間水準未免參差不齊。

　　張籍曾經以《節婦吟》為題，以「還君明珠雙淚垂，恨不相逢未嫁時」二句明志，婉言謝絕了李師道的聘辟，可謂善用比興。後來，另一位有名的詩人朱慶餘請當年曾經受過韓愈薦引的水部員外郎張籍在科舉考試中提攜自己時，獻上一首《近試上張籍水部》：

洞房昨夜停紅燭，待曉堂前拜舅姑。
妝罷低聲問夫婿，畫眉深淺入時無？

張籍隨即答以一首《酬朱慶餘》：

越女新妝出鏡心，自知明豔更沉吟。
齊紈未足人間貴，一曲菱歌敵萬金。

兩人都以閨意戀情為比興寄託，聲情詞意皆工，表裏俱佳，正是：「一曲菱歌敵萬金。」

此外，當時詩壇上還有張仲素（769？—819）、王涯（763？—835）、李涉（生卒年不詳）、施肩吾（生卒年不詳）、劉皂（生卒年不詳）和成都名妓薛濤（768？—832？）等人，但能卓立於韓孟、元白二派之外而又自具名家氣象的，只有柳宗元、劉禹錫二人。

柳宗元（773—819）是唐代傑出的學者和思想家，曾與劉禹錫一起參與永貞革新，同屬「二王八司馬」政治集團。他和韓愈是唐代古文運動的兩位主將，並稱「韓柳」。嚴格地說，詩歌只是柳宗元多方面成就的一部分，其成就主要表現在那些描寫山水景物的詩裏，特別是貶斥永州之後寫的山水詩作，與其散文中的《永州八記》等山水遊記名篇交相輝映，煥發出異樣的光彩。柳詩風格與韋應物近似，都是「發纖穠於簡古，寄至味於淡泊」（蘇軾《書黃子思詩集後》）。古淡是韋、柳詩風的共同特徵，淵源於東晉陶淵明和盛唐王孟一派。但柳宗元的山水文學創作同時吸收了謝靈運山水詩創作的藝術經驗，古淡之中其實蘊涵有細緻的觀察、深密的構思和洗煉的句法，冷寂的自然山水寄寓了騷人謫居的鬱悒幽怨。這使柳宗元的山水詩呈現出與韋應物、劉禹錫不同的精深峻潔的風貌。他的山水詩多用五古體，多作於放情山水的貶謫歲月。《南澗中題》、《溪居》、《秋曉行南谷經荒村》、《雨後曉行獨至愚溪北池》、《中夜起望西

園值月上》都是一般選家所難以割捨的。《江雪》則是一篇五古小詩，貌似仄韻五絕。這些山水詩作都體現了柳宗元喜歡塑造幽冷甚至淒清的意境、用筆精深峻潔的藝術特色。例如：

杪秋霜露重，晨起行幽谷。黃葉覆溪橋，荒村惟古木。寒花疏寂歷，幽泉微斷續。機心久已忘，何事驚麋鹿？

　　　　　　——《秋曉行南谷經荒村》

千山鳥飛絕，萬徑人蹤滅。孤舟蓑笠翁，獨釣寒江雪。

　　　　　　——《江雪》

　　《秋曉行南谷經荒村》的境界何等冷清：晚秋幽谷，黃葉堆積，荒村古木，寒花幽泉，而外境又與內心相契。《江雪》則以漫山遍野的雪與一個渺小然而孤傲的老翁相對，突出詩人清高峻潔的人格形象。柳宗元的近體詩最工於酬寄贈別，《與浩初上人同看山寄京華親故》、《登柳州城樓寄漳、汀、封、連四州刺史》、《別舍弟宗一》、《酬曹侍御過象縣見寄》，或深情綿邈，或沉鬱壯闊，或音韻清暢，與五古山水詩相比，別是一番風味。

　　劉禹錫（772—842）的人生經歷和政治態度和柳宗元大致相同，參與政治改革失敗後同樣被貶，而又同樣

不屈服，是有着錚錚傲骨的詩人。下面這兩首寫於兩次由貶謫地返回京城之時的詩可為例證：

紫陌紅塵撲面來，無人不道看花回。
玄都觀裏桃千樹，盡是劉郎去後栽。
　　　　　　——《玄都觀戲贈看花諸君子》

百畝庭中半是苔，桃花淨盡菜花開。
種桃道士歸何處？前度劉郎今又來。
　　　　　　——《再遊玄都觀》

　　這兩首政治諷刺詩鋒芒犀利，透露了詩人樂觀豪邁的精神和對醜惡勢力的鄙夷。貶謫並不能摧毀詩人堅韌的性格，反而給了他比先前更多的接近民間生活、民間文化的機會。劉禹錫尤其注意吸取民歌中的文學營養，創作了一批清新活潑情趣盎然的好詩，如《插田歌》、《竹枝詞九首》、《踏歌詞四首》、《楊柳枝詞》、《浪淘沙九首》，取得了同時諸人無法匹敵的成就。例如「楊柳青青江水平，聞郎江上唱歌聲。東邊日出西邊雨，道是無晴還有晴」（《竹枝詞二首》其一）。「山桃紅花滿上頭，蜀江春水拍江流。花紅易衰似郎意，水流無限似儂愁」（《竹枝詞九首》其二）。這些詩歌表明，劉禹錫是個錦

心繡口、富於才華的詩人。其詩語洗煉明朗，詩風清新婉麗，既沒有元白那麼率爾直露，也不像韓孟那麼恣意揮灑，而有婉轉含蓄之妙。他的七絕大多玲瓏巧妙，意味深長，詠史懷古詩尤其膾炙人口。《金陵五題》傳誦極廣，其中的《石頭城》一篇曾博得白居易的高度讚揚。至於柳宗元、劉禹錫二人詩歌的同中之異，也許可以說：柳詩峻潔，而劉詩華美；柳詩精深，而劉詩婉麗；柳詩幽折，而劉詩明快。柳詩得力於謝靈運處頗多，劉詩則多受益於民歌。

　　以上我們騰出了盡可能多的篇幅，描述中唐詩壇的梗概，希望通過眾多詩人的散點串連成一條中唐詩歌發展的虛線。儘管如此，許多大家名家的多方面的成就仍然沒能得到充分展開和表述，一些中小詩人也只能浮光掠影，一筆帶過，甚或竟乾脆割愛，但中唐詩壇之盛況及其承先啟後的特徵也能藉此略窺一二了。

四

夕陽無限好，只是近黃昏
—— 晚唐詩

夕陽無限好，

只是近黃昏。

—— 李商隱《樂遊原》

從 9 世紀 20 年代中期開始，唐詩邁上了它最後一段發展里程 —— 晚唐（825 — 906）。

在這前後 81 年的歲月中，唐王朝逐漸走下坡路，藩鎮割據，尾大不掉，愈演愈烈，日益威脅中央政權的統治，社會經濟也在不斷衰竭，階級矛盾又加速激化，造成政治混亂不堪和社會動盪不安，唐王朝終於在農民起義和藩鎮叛亂的雙重打擊下傾覆。在這種蕭颯衰微的

社會文化心理氛圍中，仍然有大批詩人沒有中斷吟唱。他們用詩吟唱心靈的鬱悶和憂傷，吟唱愛的歡樂和煩惱，吟唱旅途的見聞和感觸，吟唱歷史的沉重，吟唱黃昏的淒美。總之，他們的詩筆更加深入內心幽隱之處，更重視抒寫性靈。當然，他們也用詩揭露時弊，諷刺醜惡的現象，並沒有忘記詩的美刺比興的傳統功能。同時，他們也熱衷於回顧歷史，詠史懷古詩的顯著增多是晚唐詩壇的一個突出現象。晚唐詩人努力的方向不是氣象的雄健闊大，而是藝術的幽深精整。他們的胸襟氣魄和詩的格局一起漸次衰減萎縮，比不上中唐前輩，更比不上盛唐詩人，前人所謂晚唐詩人格致卑弱、卑淺，即是此意。這不是因為他們江郎才盡或者賦性柔弱，而是時代大氣候使然。許多晚唐詩歌呈現的那種陰柔美和病態美，除了受文藝美學思想的辯證發展規律的支配和新興的以柔麗清婉為宗的晚唐五代詞的影響以外，本質上是病態軟弱的社會的反映。這也正是晚唐詩的美學特色之一。只有這樣的時代才能孕育出這樣的一批詩人：張祜、杜牧、李商隱、溫庭筠、許渾、皮日休、陸龜蒙、羅隱、韋莊、韓偓、司空圖。作為晚唐詩壇的翹楚，他們獨特的藝術創造又何嘗不是唐詩的瑰寶？培養了這樣一批詩人的時代是值得加以審視的。同時，我們也不能只看到晚唐詩風幽約綺豔、清麗淡泊的一面，而忘記它

也有豐富複雜的一面。

從唐敬宗寶曆初到唐宣宗大中末（825—859），是晚唐的前期，共 34 年。這一時期的主要詩人有張祜、杜牧、李商隱、溫庭筠，許渾、陳陶、李群玉、雍陶等人也頗有詩名。這時候離元和長慶時代未遠，詩歌一定程度上還存留了前一時期的遺風餘韻。文宗、宣宗嗜好詩歌並加以提倡，對詩歌創作起到了一定的推動作用。這一時期的詩歌創作雖不能上逮元和，卻是晚唐詩史一段閃光的經歷。

張祜（792—854？）和杜牧（803—852）是朋友，他們還趕得上與中唐元和時代的詩人李紳、白居易交往。杜牧《登池州九峰樓寄張祜》說：「誰人得似張公子，千首詩輕萬戶侯。」可見張祜在當時有顯著的詩名，只是後來詩作佚失頗多，以致詩名一度湮沒。張祜的詩受張籍、王建影響較深，詩風與王建尤近。他善於寫樂府詩和宮詞，也和王建相同。「故國三千里，深宮二十年。一聲何滿子，雙淚落君前。」這首《宮詞》以凝練之筆寫宮怨，連續四句用數字而不覺堆砌，前兩句在遙遠的空間上重疊以漫長的時間，更加重了怨情凝聚的分量，很受當時人欣賞。張祜的七絕也寫得十分精彩：

金陵津渡小山樓，一宿行人自可愁。
潮落夜江斜月裏，兩三星火是瓜洲。
　　　　　　　　——《題金陵渡》

虢國夫人承主恩，平明騎馬入宮門。
卻嫌脂粉污顏色，淡掃蛾眉朝至尊。
　　　　　　　——《集靈臺二首》之二

　　第一首是漫遊江南途中的題詠，用筆細膩輕靈，意境寧靜清幽，其情其景，宛若可見。第二首辛辣諷刺了楊氏一門的囂張氣焰，並巧妙揭露了楊貴妃的三姐虢國夫人與玄宗的曖昧關係，意在言外，語淺旨深。《縱遊淮南》的「人生只合揚州死，禪智山光好墓田」二句，以死入詩，措辭奇險，語調斬截，在表現主題方面可謂出奇制勝。

　　杜牧出身官宦之家，是清貴子弟，他的思想既有積極入世、抱負遠大的嚴肅的一面，又有清狂薄幸的浪漫的一面。他最擅長七絕，從數量和品質上看，他甚至可以說是晚唐七絕的第一高手，只有李商隱差可與之比肩。七絕詩體本來就容易寫得流麗輕巧，杜牧的七絕更是俊爽流美，風流蘊藉，內容與形式相輔相成。敘述自己羅曼蒂克的經歷，洋溢着浪漫情調，間或散發着輕狂

意味的詩，佔去杜牧七絕的一大部分，如《寄揚州韓綽判官》、《贈別二首》、《遣懷》等。

娉娉嫋嫋十三餘，豆蔻梢頭二月初。
春風十里揚州路，卷上珠簾總不如。

多情卻似總無情，惟覺樽前笑不成。
蠟燭有心還惜別，替人垂淚到天明。
　　　　　　　　——《贈別二首》

落魄江湖載酒行，楚腰纖細掌中輕。
十年一覺揚州夢，贏得青樓薄幸名。
　　　　　　　　——《遣懷》

　　在《過華清宮絕句三首》中表現出來的，則是一個截然不同的、諷諭現實的、熱誠參預政治生活的正直的杜牧。今錄其中頭兩首：

長安回望繡成堆，山頂千門次第開。
一騎紅塵妃子笑，無人知是荔枝來。
　　　　　　　　——《其一》

新豐綠樹起黃埃，數騎漁陽探使回。
霓裳一曲千峰上，舞破中原始下來。

　　　　　　　　——《其二》

　　杜牧也擅長詠史懷古，有深情，有見識，在深長的
意味中，時而露出他所擅長的旖旎風韻，如《赤壁》、《泊
秦淮》、《金谷園》、《題烏江亭》等。

折戟沉沙鐵未銷，自將磨洗認前朝。
東風不與周郎便，銅雀春深鎖二喬。

　　　　　　　　——《赤壁》

繁華事散逐香塵，流水無情草自春。
日暮東風怨啼鳥，落花猶似墜樓人。

　　　　　　　　——《金谷園》

　　杜牧還有一批寫景紀行的小詩，清麗生動，人見人
愛，如《清明》、《秋夕》和《將赴吳興登樂遊原一絕》。
又如：

千里鶯啼綠映紅，水村山郭酒旗風。
南朝四百八十寺，多少樓臺煙雨中。

　　　　　　　　——《江南春》

遠上寒山石徑斜，白雲生處有人家。
停車坐愛楓林晚，霜葉紅於二月花。
——《山行》

「杜詩韓筆愁來讀，似倩麻姑癢處騷」（杜牧《讀韓杜集》）。杜牧是杜甫和韓愈的仰慕者、追隨者，他的古律即學習杜、韓，反映社會政治現實，抒寫理想抱負，往往豪健跌宕，流麗遒勁，古體詩如《感懷詩一首》、《張好好》、《杜秋娘》、《華清宮三十韻》等，律詩如《潤州二首》、《題揚州禪智寺》、《題宣州開元寺水閣閣下宛溪夾溪居人》、《九日齊山登高》、《早雁》等。但他的七絕擁有更多讀者。

與杜牧並稱「小李杜」的李商隱（813—858）字義山，號玉溪生。他以獨創的迷人的風格吸引了後世許多詩人和一般讀者。他和同時的溫庭筠、段成式都排行十六，詩文都講究辭藻，繁麗精工，當時人因而稱他們的詩文風格為「三十六體」。

李商隱一生沉淪下僚，夾在牛李黨爭的兩派之間左右為難，嘗盡風塵苦辛。他的詩中頗多感時傷事或自傷遭際之作，而多以比興寄託，用意精微幽深。「李商隱從過去許多詩人接受多方面的影響，庾信、李賀的色調，杜甫、韓愈的句格，在李商隱的詩裏都不時發現。李商

隱的七律往往在穠麗之中時露沉鬱，流美之中不失厚重，使讀者容易聯想到杜甫的一些優秀作品」。「他愛好繡織麗字，鑲嵌典故，包藏細密，意境朦朧，常常因為有聲、有色、有新語、有巧對而吸引人去注意，又因為能含蓄和多比興而吸引人去玩索」（中國社會科學院文學研究所編《唐詩選·李商隱小傳》）。杜、韓的句法在他手裏變得更加精密多樣，庾、李的色調在他手裏變得更為絢麗斑斕。典故的正用、反用、明用、暗用、連用、活用等，更是李商隱詩的一大特長和貢獻，雖然有時也難免艱僻晦澀。

在杜甫以後七律詩體難以為繼的境況下，李商隱以勇敢的開拓和天才的創造，使七律形式更精緻，內涵更豐富，開闢了新的藝術境界，誠屬難能可貴。他的七絕往往寄託深而措辭婉，與杜牧齊名，可謂異曲而同工。如「君問歸期未有期，巴山夜雨漲秋池。何當共剪西窗燭，卻話巴山夜雨時」（《夜雨寄北》），即以情深辭婉而為人稱誦。五古長詩《行次西郊作一百韻》遠紹杜甫《北征》，氣勢磅礴，是一篇詩史式的鴻篇。另一首五古長詩《驕兒詩》，遠承西晉左思《嬌女詩》而別出心裁，純用白描，在生動活潑而充滿憐愛的情趣中，透露出作為父親的諄諄叮囑、沉重感慨和殷切期望。

李商隱的無題詩題旨最朦朧，卻最負盛名。從形式

上說，無題詩包括標名無題或徑取首句前二字為題這兩種類型。《無題二首》、《無題四首》等屬於前者，《錦瑟》、《碧城三首》等屬於後者。從內容上說，有的無題詩純為描寫愛情經歷和戀愛心理，有的無題詩則有深隱曲折的比興寄託。對於一首詩是否有寄託以及具體寄託什麼，往往有多種不同的說法。《錦瑟》一詩最為典型：

錦瑟無端五十弦，一弦一柱思華年。
莊生曉夢迷蝴蝶，望帝春心託杜鵑。
滄海月明珠有淚，藍田日暖玉生煙。
此情可待成追憶，只是當時已惘然。

這首詩的主旨，有人認為是自傷身世，有人認為是悼亡詩，有人認為是描寫錦瑟的適怨清和之聲，有人認為是戀愛詩或者豔情詩，還有人認為其意在自題詩集，相當於詩體序文，所以放在開卷第一篇……眾說紛紜，見仁見智。奇妙的是，即使我們難以準確把握此詩的內在意旨，仍然會為它美麗的詞藻聲色而擊節讚歎。這正是李商隱詩歌的獨特魅力所在。

李商隱的詠物詩更是詞婉意深的典範，寄託了詩人的高情遠意，如《落花》、《柳》和下面這首《蟬》：

本以高難飽，徒勞恨費聲。五更疏欲斷，一樹碧無情。
薄宦梗猶泛，故園蕪已平。煩君最相警，我亦舉家清。

這裏既沒有虞世南詠蟬的清華，也沒有駱賓王詠蟬的高
潔（「露重飛難進，風多響易沉。無人信高潔，誰為表予
心？」），只是自傷遭際的悲惋之語，空靈傳神，自是詠
物詩的上乘之作。

　　李商隱也擅長詠史懷古詩，這一方面的名篇有《賈
生》、《詠史》、《北齊二首》、《隋宮》、《籌筆驛》等。
這裏選錄兩首：

乘興南遊不戒嚴，九重誰省諫書函？
春風舉國裁宮錦，半作障泥半作帆。
　　　　　　——《隋宮》

北湖南埭水漫漫，一片降旗百尺竿。
三百年間同曉夢，鍾山何處有龍盤？
　　　　　　——《詠史》

前篇諷刺隋煬帝南遊，深婉精妍；後篇詠南朝滅亡，
三四兩句頗為警策。

　　李商隱寫時事的七律筆力雄健，氣格渾厚，最得杜

甫詩沉鬱頓挫的神韻，至於用事精巧，措辭深婉，較杜甫更有過之而無不及，如《贈劉司戶蕡》、《哭劉蕡》、《杜工部蜀中離席》、《富平少侯》、《安定城樓》和下面的這兩首：

玉帳牙旗得上游，安危須共主君憂。
竇融表已來關右，陶侃軍宜次石頭。
豈有蛟龍愁失水？更無鷹隼擊高秋！
晝號夜哭兼幽顯，早晚星關雪涕收？
　　　　　　　——《重有感》

海外徒聞更九州，他生未卜此生休。
空聞虎旅鳴宵柝，無復雞人報曉籌。
此日六軍同駐馬，當時七夕笑牽牛。
如何四紀為天子，不及盧家有莫愁？
　　　　　　　——《馬嵬》其二

前詩抒發詩人對甘露之變後昭義軍節度使劉從諫上書指斥宦官一事的感慨，雄厚而沉重；後篇借玄宗被六軍所逼在馬嵬坡賜死楊妃之事，諷刺玄宗的自私和虛偽，詞鋒犀利。

　　溫庭筠（812—870）詩與李商隱齊名，並稱「溫

李」；詞與韋莊齊名，並稱「溫韋」。他生性放達，不修邊幅，恃才傲物，頗得罪了一些權貴。他不僅寫得一手好詩詞，而且下筆千言，文思泉湧。但他卻不願意循規蹈矩，按部就班，而喜歡與公卿家無賴子弟來往，豪賭狂飲，作浮豔之詞，又替人在考場做槍手，搞舞弊，因此名聲不好。這些都耽誤了他的仕宦前程，連他的兒子、晚唐另一個詩人溫憲的政治生涯也幾乎受他這種名聲的牽連而被斷送掉。

溫庭筠的詩風與李商隱相近，繁密穠麗勝過李商隱，而用意微婉寄託遙深則有不及。他的詩一方面不如李商隱詩雅正，一方面又比李商隱詩清淺。溫詩的藝術淵源主要是南朝的吳歌西曲、梁陳宮體詩和李賀詩，還有當時新興的清麗豔縟的曲子詞。從他的《湘宮人歌》、《三洲詞》中，都能看到吳歌西曲和李賀詩的影響。請讀《湘宮人歌》：

池塘芳意濕，夜半東風起。生綠畫羅屏，金壺貯春水。
黃粉楚宮人，方飛玉刻鱗。娟娟照棋燭，不語兩含嚬。

雖然詩評家一般都同意溫詩的風格是以瑰麗穠豔為主，但在這一方面，李商隱詩較溫庭筠詩更有藝術特色和價值，所以一般選本多捨溫取李，同時傾向於選錄溫

庭筠的詠史懷古詩和山水行旅詩。溫庭筠的詠史懷古詩往往沉鬱、清健、深厚；山水行旅詩則寫景新切，體物工細，意境清朗，別具一格。這一類的名篇有《過陳琳墓》、《經五丈原》、《蔡中郎墳》、《蘇武廟》和《咸陽值雨》、《過分水嶺》、《處士盧岵山居》、《碧磵驛曉思》、《利州南渡》、《商山早行》、《送人東歸》等。今例舉二首如下：

曾於青史見遺文，今日飄蓬過此墳。
詞客有靈應識我，霸才無主始憐君。
石麟埋沒藏春草，銅雀荒涼對暮雲。
莫怪臨風倍惆悵，欲將書劍學從軍。

——《過陳琳墓》

淡然空水對斜暉，曲島蒼茫接翠微。
波上馬嘶看棹去，柳邊人歇待船歸。
數叢沙草群鷗散，萬頃江田一鷺飛。
誰解乘舟尋范蠡，五湖煙水獨忘機。

——《利州南渡》

在《蔡中郎墳》中，詩人曾感歎：「今日愛才非昔日，莫拋心力作詞人。」懷古傷今，寄託深遠，可與《過

陳琳墓》並讀。《碧磵驛曉思》是一首饒有小詞情韻的五絕。《商山早行》中的「雞聲茅店月，人跡板橋霜」一聯，情景交融，狀難寫之景如在目前，含不盡之意見於言外，是極負盛名的寫景佳句。

　　許渾擅長律詩，尤工懷古登高題材。他晚年退居丹陽丁卯橋，並自題詩集為《丁卯集》，所以後人稱他為「許丁卯」；又因為他詩中常寫到水，所以宋人又有「許渾千首濕」的說法。他的詩圓穩律切，與溫、李、杜均不同。所謂圓穩律切，是說他律法圓熟，屬對工穩，組織密緻，雖然時有挺拔精警之句，但總的趨勢卻朝着穩妥的方向發展。這使他的詩易於揣摩體會，便於初學。後世對他的評價也因而褒貶懸殊，宋代提倡作詩瘦硬生新的江西詩派對許渾尤其不以為然。對律詩的中間兩聯，許渾特別用力雕煉。《秋日赴闕題潼關驛樓》中的「殘雲歸太華，疏雨過中條。樹色隨關迥，河聲入海遙」；《登洛陽故城》中的「水聲東去市朝變，山勢北來宮殿高」；《咸陽城西樓晚眺》中的「溪雲初起日沉閣，山雨欲來風滿樓」，都是為許渾贏得盛譽的名聯。《金陵懷古》一篇雄渾清壯，感慨淋漓，寫出了人生的悲劇感和歷史的滄桑感：

玉樹歌殘王氣終，景陽兵合戍樓空。

松楸遠近千官塚，禾黍高低六代宮。
石燕拂雲晴亦雨，江豚吹浪夜還風。
英雄一去豪華盡，惟有青山似洛中。

　　當時及稍晚的有名的詩人，還有寫過《隴西行》（「可憐無定河邊骨，猶是春閨夢裏人」）的陳陶，詩語通俗的李涉，仕宦貴顯的令狐楚（他還編過《御覽詩》），以《黃陵廟》詩著稱的李群玉，詩人姚合的女婿李頻；詩風接近於姚合、賈島一派的雍陶、方干、馬戴，作風與許渾近似、以《長安秋望》中的「殘星幾點雁橫塞，長笛一聲人倚樓」一聯警句而得名「趙倚樓」的趙嘏，專於詩律喜歡標新立異的薛能，以及並稱「曹劉」、常以詩指刺時弊、精神上與元白新樂府運動相通的詩人曹鄴、劉駕等。曹鄴的《官倉鼠》是一首通俗而深刻的政治諷刺詩：

官倉老鼠大如斗，見人開倉亦不走。
健兒無糧百姓飢，誰遣朝朝入君口！

趙嘏的《江樓感舊》則是一首雋永幽約的即景抒情小詩：

獨上江樓思渺然，月光如水水如天。
同來望月人何處？風景依稀似去年。

從懿宗大中元年至唐王朝覆亡（859－906），前後還不到 50 年時間。這時的唐王朝在此起彼伏、持續不斷的農民起義、藩鎮的爭權割據、宦官的專橫弄權中搖搖欲墜。各種矛盾尖銳激化，終於使唐朝走向末日。這是一個陷入窮途末路的時代，在黑暗和動亂中缺乏希望和光明的時代。詩人心靈更加幽暗、消沉，更加悲哀、淒涼。「久經離亂心應破，乍睹昇平眼漸開」（羅隱《送章碣赴舉》）。「雖然詩膽大如斗，爭奈愁腸牽似繩」（陸龜蒙《早秋吳體寄襲美》）。在無望和無奈之中，他們或者堅持抵抗，或者悲憤難言，或者更嚴密地掩蓋起自己，在詩歌世界中構築一個沒有狂風暴雨的平靜港灣，尋覓一片安寧恬適的天空。他們在詩的形式、體裁上投入更多精力，如皮日休、陸龜蒙以諸種雜體詩往來唱和，以此排遣閑暇的愁悶，從中獲得一些成功的喜悅和勝利的快慰，恢復心理的平衡。

與當時的文藝美學思潮相對應，這一時期的詩風從宏觀上區分，大致有三大系列或類型。第一系列是反映現實關懷民生疾苦的詩，風格質實樸素，以羅隱、皮日休、陸龜蒙、杜荀鶴、聶夷中等人為代表的晚唐現實主義詩派。第二系列詩風清淡自然，以司空圖、韋莊等人為代表。第三系列詩作清麗綺豔，為韓偓、吳融、鄭谷等人所倡導。不過，上述詩人與其風格之間不是一對一

的對應關係，皮、陸二人也有關注現實的詩，集中為數甚多的唱和應酬詩則是其閑適沖淡心境的反映，而風格豔麗或平淡的韓偓、吳融、司空圖等人，往往以各自特有的方式來記錄那個時代的風雲變幻，燭照心靈的幽曲隱痛。

皮日休（834？—883？）與陸龜蒙（？—881）並稱「皮陸」。他們不僅寫小品文諷刺時弊，還用詩來暴露現實的醜陋、政治的黑暗。皮日休曾參加黃巢起義軍，其詩頗有譏時刺世之作。《正樂府十篇》是中唐新樂府運動在晚唐的嗣響。《橡媼歎》、《農父謠》、《哀隴民》等也是他這一方面的代表作。他的懷古詩也折射出憂時憤世的情緒。《館娃宮懷古》和《汴河懷古》譏嘲前代統治者，議論有獨到之處。陸龜蒙憂時憤世的詩作數量不及皮日休，鋒芒也不如皮日休尖銳，但《新沙》卻設想新奇，語調爽利，對晚唐苛捐雜稅的泛濫進行了深刻的揭露和辛辣的諷刺：

渤澥聲中漲小堤，官家知後海鷗知。
蓬萊有路教人到，應亦年年稅紫芝。

晚唐時代另一個現實主義詩人杜荀鶴（846—907）的名篇《山中寡婦》中有兩句：「任是深山更深處，也

應無計避征徭」，正可引為陸龜蒙詩的注腳。《松陵集》是皮陸的唱和詩集，其中有不少吟賞風物、流連光景的優遊恬淡之作。他們還試作了不少雜體詩，如雙聲疊韻詩、四聲詩、離合詩等，表現了對詩歌形式的濃厚興趣。《和襲美春夕酒醒》是恬淡詩中寫得較好的一篇，它說明皮陸二人在憤世嫉俗之外還有閑曠的一面：「幾年無事傍江湖，醉倒黃公舊酒壚。覺後不知明月上，滿身花影倩人扶。」

羅隱（833—910）的諷刺詩也頗有鋒芒，他的特點是運用比興，託物寓志，往往冷雋新奇。如《蜂》、《柳》、《金錢花》、《鸚鵡》、《黃河》等。「採得百花成蜜後，為誰辛苦為誰甜？」（《蜂》）已是流傳眾口的名句。羅隱另有一批悲慨身世的詩作，也寫得真切動人，只是情緒不免憤激甚至頹唐：「今朝有酒今朝醉，明日愁來明日愁。」（《自遣》）「鍾陵醉別十餘春，重見雲英掌上身。我未成名君未嫁，可能俱是不如人？」（《贈妓雲英》）在形式方面，羅隱詩多為近體，喜用口語，比較通俗，易於流傳。

聶夷中（837—884？）和唐彥謙（？—893？）同情人民、揭露豪貴的詩，語言也比較樸素淺顯，意旨卻頗為深刻。唐彥謙《採桑女》與聶夷中《詠田家》相輔相成，殊途同歸。而聶夷中《公子家》與《詠田家》則

通過對屬於不同社會階層的兩個家庭的苦樂的描寫，高度濃縮地展現了末世的腐敗和沒落，傾注了詩人強烈的愛憎：

種花滿西園，花發青樓道。花下一禾生，去之為惡草。
　　　　　　　　　　　　　　——《公子家》

二月賣新絲，五月糶新穀。醫得眼前瘡，剜去心頭肉。
我願君王心，化作光明燭。不照綺羅筵，只照逃亡屋。
　　　　　　　　　　　　　　——《詠田家》

　　傳說為杜牧妾所生的杜荀鶴，是晚唐現實主義詩人中成就比較突出的一位。他的詩反映的現實生活面較廣，或感諷時事，或咒罵昏官污吏，或同情孤苦無助的人民，落筆大膽直率，語言通俗曉暢，但也時而擺出閑遠的姿態，發些迂拙的議論。《春宮怨》以「風暖鳥聲碎，日高花影重」一聯而知名。《山中寡婦》寫得悲憤而沉痛。《再經胡城縣》匪夷所思的構思，在讀者中產生了義憤填膺的美感效應：

去年曾經此縣城，縣民無口不冤聲。
今來縣宰加朱紱，便是生靈血染成！

　　此外，年代稍早的司馬札和于濆、僧人貫休、鄭遨、秦韜玉等詩人對當時的社會現實都有所反映、揭露和批判。秦韜玉《貧女》既憐傷貧女的淒苦，又發洩了自己不得志的騷怨，傳誦最廣：

蓬門未識綺羅香，擬託良媒益自傷。
誰愛風流高格調，共憐時世儉梳妝。
敢將十指誇針巧，不把雙眉鬥畫長。
苦恨年年壓金線，為他人作嫁衣裳！

　　司空圖（837—908）是晚唐重要的詩論家兼詩人。近年來，關於他的《詩品》（亦稱《二十四詩品》）的真偽問題，學術界展開了熱烈的討論，但應該說，司空圖的詩學思想的價值仍然不可以輕易抹煞，他的《詩品》和幾封論詩書簡仍然是重要的詩論文獻。他論詩強調「韻外之致」，「味外之旨」，追求清淡自然，韻味悠遠。韻味說對宋人嚴羽的頓悟說、清人王士禎的神韻說都有影響。但是，在那樣一個天下多故的時代，保持淡泊恬美的心境，即使不需要虛偽矯飾，也難保沒有一點勉強。司空圖辭官歸隱，最終死於憂患，就證明了這一點。那不是一個可以從容地追慕王維、孟浩然的生活方式和詩歌風格的時代。他的詩作達到上述標準的並不多，這使

人們對司空圖的詩歌創作有眼高手低的印象。《漫書五首》和《退居漫題七首》，在清淡自然中夾帶着孤寂和傷感：「逢人漸覺鄉音異，卻恨鶯聲似故山。」（《漫書五首》之一）「花缺傷難綴，鶯喧奈細聽。惜春春已晚，珍重草青青。」（《退居漫題七首》其一）

　　韋莊（836？—910）一生輾轉播遷，經歷了黃巢起義、軍閥混戰、唐朝滅亡和分裂割據局面成立的全過程，他的詩中有濃厚的思鄉懷舊情緒，有沉重的滄桑感慨。時間飄忽不定，過去的一切都如夢般逝去，留下的只有回憶和悵惘。這使韋莊的詩中籠罩了一層淒迷憂傷的色調，憑弔歷史遺跡的《臺城》和描寫現實場景的《古離別》概不例外：

江雨霏霏江草齊，六朝如夢鳥空啼。
無情最是臺城柳，依舊煙籠十里堤。
　　　　——《臺城》

晴煙漠漠柳毿毿，不那離情酒半酣。
更把玉鞭雲外指，斷腸春色在江南。
　　　　——《古離別》

　　準確地說，韋莊的詩風是介於淡泊自然和清麗綺豔

之間的，以清麗為主，其律絕最為典型。不同的是，絕句更清新蘊藉，律詩則較深婉圓整，如《憶昔》、《陪金陵府相中堂夜宴》、《與東吳生相遇》等。

韋莊也有一些寫時事的詩，最重要的是那首失傳近千年之後於 20 世紀初在敦煌石窟重見天日的、長達 1369 字的敍事名篇《秦婦吟》。詩人假託一個黃巢佔領長安時逃難離京的秦婦之口，記述了黃巢部隊對人民的騷擾和對社會的破壞行為，同時也揭露統治者昏庸腐朽和藩將擁兵自保，控訴官軍的貪婪殘暴，客觀上還宣揚了起義軍的浩大聲勢，是一幅描繪黃巢佔領長安前後那一地區社會狀況的壯闊的歷史畫卷。這首詩當時就廣泛流傳，為韋莊贏得了「《秦婦吟》秀才」的稱號。雖然詩中對起義軍有一些誣衊不實之詞，但對官軍的批評也十分尖銳大膽，其中有些激烈的詞句，如「內庫燒為錦繡灰，天街踏盡公卿骨」，引起了不少權貴的嫉恨。韋莊本人曾迫於形勢，設法限制此詩的流傳，甚至諱言此詩。

鄭谷（842—910）是唐懿宗咸通（860—874）年間的重要詩人。他和張喬、喻坦之、劇燕、任濤、吳罕、張蠙、周繇、李棲遠、溫憲、以作婢僕詩知名的李昌符、以《洞庭》詩被人稱為「許洞庭」的許棠等十二人合稱「十哲」，後世稱為「咸通十哲」。這裏的「十」當然是約數。鄭谷是「十哲」中的翹楚，「鄭鷓鴣」是他的

別稱，那是因為當時人覺得他的《鷓鴣》詩寫得警絕：

暖戲煙蕪錦翼齊，品流應得近山雞。
雨昏青草湖邊過，花落黃陵廟裏啼。
遊子乍聞征袖濕，佳人才唱翠眉低。
相呼相應湘江闊，苦竹叢深日向西。

　　這基本上是遺貌取神，以環境烘托出神韻的寫法。鄭谷詩多為寫景詠物或個人感興，輕快流麗。《中年》一詩頗露衰遲心態，《淮上與友人別》是一首情韻悠然的離別絕句：

揚子江頭楊柳春，楊花愁殺渡江人。
數聲風笛離亭晚，君向瀟湘我向秦。

　　韓偓（844—923）是一位早熟的詩人。在一次酒筵上，年僅十歲的他即席賦詩送別，句格老成，滿座驚訝。姨父李商隱作詩表示讚賞，「桐花萬里丹山路，雛鳳清於老鳳聲」（《韓冬郎即席為詩相送……因成二絕見酬兼呈畏之員外》）。「雛鳳聲清」從此成為後人讚揚青出於藍的少年才儁的常用語。韓偓一生以挽救風燭殘年的唐王朝為己任，然而內憂外患交至，奸險的宦官與

強大的新軍閥勢力使他獨力難支，束手無策，延續三百年的大唐政權終於被黃巢起義軍的叛徒朱溫篡奪，留給韓偓的是終生遺恨。韓偓是一個才華富贍、詞采密麗的詩人。他繼承了杜甫、李商隱以七律寫時事的傳統，把律對精切和清麗綺豔相結合，將沉鬱頓挫蒼涼悲慨的意緒納入這種詞章形式，熔鑄出淒迷芊麗、悲涼沉痛的詩風。頗有杜、李風調的韓偓七律代表了唐末七律的最高水準。《惜花》、《春盡》借時序和景物抒發內心的落寞沉哀。《故都》以故都象徵故國，將家愁國恨打併到一起，筆調淒惋而激越：

故都遙想草萋萋，上帝深疑亦自迷。
塞雁已侵池籞宿，宮鴉猶戀女牆啼。
天涯烈士空垂涕，地下強魂必噬臍。
掩鼻計成終不覺，馮驩無路學鳴雞。

他的七絕也清新芊麗。如「碧闌干外繡簾垂，猩色屏風畫折枝。八尺龍鬚方錦褥，已涼天氣未寒時。」（《已涼》）這也是他的《香奩集》中許多詩的風格特點。《香奩集》中多是以男女情愛為題材的詩，有的偏於靡麗綺豔，有些豔情描寫相當大膽，成為後代豔情詩人的範本。這曾經被認為是韓偓詩的一個歷史污點。但是，自

宋代至今，始終有人認為《香奩集》是以男女豔情寫君臣際遇，繼承了楚辭香草美人以喻君子的傳統，含有政治比興，例如清末震鈞所作的《香奩集發微》。

吳融（？—903）的詩詞采靡麗，音節諧雅，尚存中唐遺韻。他善於寫景狀物，往往精工。《子規》中的杜鵑啼聲，《途中見杏花》中的一枝紅杏，都融入鄉關之思、行旅之愁、流離之悲、故國之恨。他的感懷時事的詩不如韓偓多樣而深沉，風格也較韓偓為疏淡，易於進行審美把握。題為《華清宮》的兩首詩倒是寫得深刻而別致：

漁陽烽火照函關，玉輦匆匆下此山。
一曲羽衣聽不盡，至今遺恨水潺潺。
　　　　　　——《華清宮四首》之二

四郊飛雪暗雲端，惟此宮中落旋乾。
綠樹碧簷相掩映，無人知道外邊寒。
　　　　　　——《華清宮二首》之一

不顧國破家亡，卻只為一曲《霓裳羽衣》沒欣賞完而感到遺憾，只知宮中暖，不知天下寒，如此怎麼能不亡國呢？詩人對統治者的諷刺抨擊一目了然。

晚唐還有一些有創作特色的詩人，如錢珝、曹唐、

羅虯、章碣、曹松、崔道融、崔塗、僧人齊己以及女詩人魚玄機等。錢珝寫過大型系列山水組詩《江行無題一百首》；曹唐專攻《遊仙詩》，並有詩一百餘首存世；羅虯以百首《比紅兒詩》名噪一時，可見當時大型組詩頗為熱門。詠史題材也大行其道，專寫詠史詩的就有胡曾（有《詠史詩》一百五十首）、汪遵（有《詠史詩》五十九首）、周曇（有《詠史詩》一百九十五首）、孫玄晏（有《六朝詠史詩》七十五首）四人，這些作品雖然有助於總結盛衰興亡的歷史教訓，畢竟氣格卑淺，上乘精品不多。以上這些詩人共同構成了晚唐詩壇的大合唱，雖然他們不是領唱，也算不得主要的聲部。

　　縱觀晚唐詩壇，正是：「夕陽無限好，只是近黃昏。」

叁

平生千萬篇，金薤垂琳琅

——唐詩分類舉例及其風格特徵

平生千萬篇，

金薤垂琳琅。

　　　　—— 韓愈《調張籍》

　　唐詩的題材猶如一個浩瀚的海洋，極其廣泛豐富。
條分縷析，詳細評說，這本小書顯然不能勝任。在這
裏，我們只能選擇唐詩中的主要題材，並將其歸併為十
大類：詠物與寫懷、離別與友誼、鄉戀與愛情、登臨與
遊覽、閨怨與邊思、時事與感諷、詠史與懷古、宮怨與
遊仙、題畫與賞樂、唱酬與應制，分別列舉若干有代表
性的詩作，並稍加賞析。這十大類遠遠不能囊括唐詩題

材內容的全貌，這種分法在很大程度上是出於敘述的方便，邏輯上未必很嚴密，但是，弱水三千，取其一瓢而飲之，仍有助於我們從中考察那個已經藝術化了和已經美學積澱了的唐代社會，增加對唐詩風格美的感性領悟，體認唐詩在個體風格多樣化之上的總體風格的統一性，並通過與前朝後代詩歌的比較，加深對唐詩總體風格特徵的理解。

物微意不淺，感動一沉吟
──詠物與寫懷

物微意不淺，

感動一沉吟。

　　　　　── 杜甫《病馬》

　　唐代詠物詩，從初唐虞世南《蟬》、駱賓王《在獄詠蟬》、王勃《詠風》，到晚唐李商隱《贈柳》、羅隱《蜂》、黃巢《菊花》、唐彥謙《垂柳》，歷久不衰，佳作紛呈。蟬、柳、菊是唐人偏愛的詠物題材。不同的詩人對同一事物反覆吟詠，樂此不疲，而又各掘靈泉，爭奇鬥妍，增添了詩苑的美麗景觀。

　　詩是從詩人心靈裏掬出的甘泉。即使詠物詩也往往

帶有詩人的情熱，寄託着詩人的理想與志向、感慨或諷刺。詩人的情感脈絡與人格形象透過字裏行間，清晰地呈現在我們面前。

胡馬大宛名，鋒棱瘦骨成。竹批雙耳峻，風入四蹄輕。
所向無空闊，真堪託死生。驍騰有如此，萬里可橫行。
　　　　　　　——杜甫《房兵曹胡馬》

颯颯西風滿院栽，蕊寒香冷蝶難來。
他年我若為青帝，報與桃花一處開。
　　　　　　　——黃巢《題菊花》

王孫莫把比蓬蒿，九日枝枝近鬢毛。
露濕秋香滿池岸，由來不羨瓦松高。
　　　　　　　——鄭谷《菊》

　　《房兵曹胡馬》是青年杜甫銳意進取的人生精神的象徵。《題菊花》表現了黃巢敢於自作主張、犯上作亂的叛逆性格。鄭谷則以《菊》隱喻自己不慕榮華富貴的稟性。客觀的物都沾染了主觀的「我」的抒情色彩。
　　有些詠物詩以曲折幽微的形式，寄寓身世飄零的感慨，如李商隱的《柳》、《落花》和下面這首《流鶯》：

流鶯飄蕩復參差，度陌臨流不自持。
巧囀豈能無本意，良辰未必有佳期。
風朝露夜陰晴裏，萬戶千門開閉時。
曾苦傷春不忍聽，鳳城何處有花枝？

流鶯雖有巧囀的本領，終歸漂泊流蕩，無枝可依。傷春
實即傷時，實即自傷悲劇性的人生。詩人託物以寓志寫
懷，物我交融，難辨彼此。這是詠物詩的正格，如上舉
數詩所示。

　　寄意深長、饒有理趣也是詠物詩的一種格式：

天平山下白雲泉，雲自無心水自閑。
何必奔衝下山去，更添波浪向人間。
　　　　　　　　—— 白居易《白雲泉》

自小刺頭深草裏，而今漸覺出蓬蒿。
時人不識凌雲木，直待凌雲始道高。
　　　　　　　　—— 杜荀鶴《小松》

白居易詩頗有厭倦人世紛爭、看破紅塵之意，杜荀鶴則
形象地闡明了千里之行始於足下、棟樑之才長自小樹的
哲理。

　　晚唐羅隱善於在詠物詩中隱藏諷刺的鋒芒。《金錢花》、《雪》、《蜂》都屬於這一類。「若教此物堪收貯，應被豪門盡劚將」（《金錢花》），諷刺豪門貴族財迷心竅、貪得無厭。「採得百花成蜜後，為誰辛苦為誰甜？」（《蜂》），諷刺不勞而獲者。「自家飛絮猶無定，爭解垂絲絆路人」（《柳》），也別出心裁。「柳」諧音「留」，唐人離別詩常以柳關合惜別挽留之意，這裏卻是嘲弄揶揄的口吻，翻新而出奇。

　　照理說，詠物詩適宜用賦筆直寫，只是詩人為了拓深詩境，往往兼用比興，詠物與寫懷常常不可分割。但也有一批詠物詩純用賦筆，以體物工細、聯想奇妙、比喻新鮮、神完味足見長。如：

碧玉妝成一樹高，萬條垂下綠絲絛。
不知細葉誰裁出，二月春風似剪刀。
　　　　　　　—— 賀知章《詠柳》

一樹寒梅白玉條，迥臨村路傍溪橋。
不知近水花先發，疑是經冬雪未銷。
　　　　　　　—— 張謂《早梅》

無風才到地，有風還滿空。

緣渠偏似雪，莫近鬢毛生。

—— 雍裕之《柳絮》

冷燭無煙綠蠟乾，芳心猶卷怯春寒。
一緘書箚藏何事，會被東風暗拆看。

—— 錢珝《未展芭蕉》

賀詩以人比樹，以剪刀喻風，新意頓出；張詩觀察細緻，寫出了感覺的敏銳和微妙；雍詩遺貌取神；錢詩則通過豐富奇妙的聯想，把一串隱喻連在一起，構成一組描寫未展芭蕉的優美意象。

　　唐人述志寫懷，大多借託外物，不獨詠物詩，其他諸類的詩也不例外。即使標題為「感遇」、「詠懷」的，也常常借助外物比興。如陳子昂和張九齡的《感遇》、李賀的《詠懷》二首。

蘭葉春葳蕤，桂花秋皎潔。欣欣此生意，自爾為佳節。
誰知林棲者，聞風坐相悅。草木有本心，何求美人折。

—— 張九齡《感遇十二首》其一

長卿懷茂陵，綠草垂石井。彈琴看文君，春風吹鬢影。

梁王與武帝，棄之如斷梗。惟留一簡書，金泥泰山頂。

—— 李賀《詠懷二首》其一

這兩首詩述志寫懷，異曲同工：前詩以香草美人為比興，近於詠物；後詩以司馬相如故事為框架，類似詠史。我們不把述志寫懷詩單列一類的理由就在於此。當然，像陳子昂《登幽州臺歌》那樣直抒胸臆的也有，如李賀《南園十三首》其五：「男兒何不帶吳鉤，收取關山五十州？請君暫上凌煙閣，若個書生萬戶侯？」但這樣的寫法似乎不常見，也不典型。

請君試問東流水，別意與之誰短長

二——離別與友誼

請君試問東流水，
別意與之誰短長？

——李白《金陵酒肆留別》

離別是一個永恆的文學主題。離別詩源遠流長，也是唐詩的重要組成部分。它們訴說親朋好友的離情別緒，有珍重的叮嚀，有美好的祝願，是純樸感情的流露，是真誠友誼的見證。唐人五花八門的留別、贈別、

送別詩，是情感交流的結晶。唐人的生活真是充滿了詩意。

「此地一為別，孤蓬萬里征」（李白《送友人》）。離別之際縈迴心頭的常是對重逢的預期和盼望。這個平凡的心願在詩人筆下卻翻騰出無數新意。上文已列舉的司空曙《雲陽館與韓紳宿別》寫的是久離之後乍會還別而依依不捨的情景，李白《金鄉送韋八之西京》又是一種筆法：

客從長安來，還歸長安去。狂風吹我心，西掛咸陽樹。
此情不可道，此別何時遇？望望不見君，連山起煙霧。

「狂風吹我心，西掛咸陽樹」，使我們聯想起李白的另一首詩《聞王昌齡左遷龍標遙有此寄》中的「我寄愁心與明月，隨風直到夜郎西」，二者都是設想奇特、意緒狂放的名句。詩人珍重友誼深愛友人的心情也隨之躍然紙上，高舉張揚於天地之間。

善於以景寫情、情景交融是唐代離別詩的特色之一。李白《黃鶴樓送孟浩然之廣陵》即是運用這一手法而成功地塑造了優美的意境，蘊涵深永，不愧為千古名篇：

故人西辭黃鶴樓，煙花三月下揚州。
孤帆遠影碧空盡，惟見長江天際流。

　　故人既去，孤帆已杳，獨立江濱，離情無限，然而，「此時無聲勝有聲」（白居易《琵琶行》），詩人的離情一如滔滔江水無窮無盡，即景抒情，一切全在不言之中。王維《送沈子福之江東》：「惟有相思似春色，江南江北送君歸」，即景設喻，美麗的想像使深情轉化為動人的藝術力量。

　　唐人胸襟是相當開朗雄放的，即使在臨歧分袂之時，也常不願、不屑於學小兒女作態。「海內存知己，天涯若比鄰。無為在歧路，兒女共沾巾」（王勃《送杜少府之任蜀川》）。這種情調在盛唐時代尤為典型。高適《別董大二首》其一云：「千里黃雲白日曛，北風吹雁雪紛紛。莫愁前路無知己，天下誰人不識君！」這是多麼豪爽自信的情懷，又是對遠行人多大的慰勉！安史之亂後，由於社會動盪、國勢衰減，離別詩也多少沾上了淒黯的色調。

　　友誼的光彩不僅輝映了唐代的離別詩，也在懷人詩、待客詩和友朋酬贈詩中熠熠發光。孟浩然《秋登萬山寄張五》和《夏日南亭懷辛大》這兩篇懷人詩，就是在清幽的環境裏展開對真摯友情的懷想。請看後篇：

山光忽西落，池月漸東上。散發乘夕涼，開軒臥閑敞。
荷風送香氣，竹露滴清響。欲取鳴琴彈，恨無知音賞。
感此懷故人，中宵勞夢想。

而在杜甫《客至》詩中，「花徑不曾緣客掃，蓬門今始為
君開」，則洋溢着「有朋自遠方來」的熱誠歡快的情緒。

　　詩人之間樽酒論文，以文會友，結下了深厚的友
誼，在詩篇中也有記錄。李白和杜甫、元稹和白居易一
見如故，他們之間深厚的友情一向傳為文學史的佳話，
在素稱「文人相輕，自古已然」的中國古代社會，這種
友誼顯得尤為可貴。李白有《沙丘城下寄杜甫》、《魯郡
東石門送杜二甫》；杜甫則有《春日憶李白》、《夢李白》、
《天末懷李白》等詩。「故人入我夢，明我長相憶」、「三
夜頻夢君，情親見君意」（《夢李白》），對故人念念不
忘，以至形諸夢寐，這是由真誠的友愛澆灌出來的一片
心靈的芳草地。當杜甫得悉李白流放途中遇赦而流寓江
湘的消息時，他寫道：

涼風起天末，君子意如何？鴻雁幾時到，江湖秋水多。
文章憎命達，魑魅喜人過。應共冤魂語，投詩贈汨羅。
　　　　　　——《天末懷李白》

詩人設身處地為友人着想，毫無虛假的同情、做作的關心，這是發自肺腑的聲音，所以情真意切。元白二人的友誼也十分持久牢固，很多贈答詩抒發了深厚的友情，遺憾的是我們抽不出工夫去流連一番。

唐代與邊疆各族及境外各國間的文化交流相當頻繁。在相互交往中，詩人們與外族異邦人士培養了感情，增進了友誼。日本人晁衡來到中國留學，天寶十二載（753）回國探親。唐玄宗、王維、包佶等人都賦詩贈別。後來誤傳晁衡海上遇難，李白異常悲痛：「日本晁卿辭帝都，征帆一片繞蓬壺。明月不歸沉碧海，白雲愁色滿蒼梧」（《哭晁卿》），可見友情深摯。韋莊《送日本國僧敬龍歸》：「扶桑已在渺茫中，家在扶桑東更東。此去與師誰共到？一船明月一船風。」惜別與關切之情同時形諸筆墨。這是中外文化交流與人民友好往來的藝術寫照。它再次證明：友誼與理解能夠跨越高山和海洋，能夠超越民族和疆界。

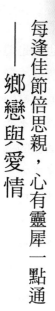

三

每逢佳節倍思親，心有靈犀一點通

——鄉戀與愛情

獨在異鄉為異客，
每逢佳節倍思親。

—— 王維《九月九日憶山東兄弟》

身無彩鳳雙飛翼，
心有靈犀一點通。

—— 李商隱《無題》

　　鄉戀與愛情，這是兩種最基本的情感體驗。

　　也許是為了謀生，也許是為了博取功名，也許是迫於戰亂，也許是被貶遠竄，總之是承擔着某種責任，或者背負着某種痛苦，而離鄉背井，漂泊海角天涯，當懷土念鄉的情緒油然生起，卻囿於主客觀的種種條件不能成歸的時候，對故鄉和親人的思念便釀成一罎濃濃的鄉愁。那是一種美麗而憂傷的情感。無疑，對大多數安土重遷的人來說，故鄉不僅代表着兒時天真爛漫的記憶，象徵着祥和安寧的社會環境和溫馨美滿的家庭生活，有時還指代慈祥的母愛和難忘的天倫之樂。懷土念鄉就是對鄉土的認同和回歸，在一定程度上也就是對祖國、對根源、對文化傳統的認同和回歸。在這一關節上，鄉土情味和尋根意識與愛國主義和人道主義息息相通。

　　「海畔尖山似劍鋩，秋來處處割愁腸。若為化得身千億，散上峰頭望故鄉。」（柳宗元《與浩初上人同看山寄京華親故》）行行復行行，離家日以遠，對故園的風物人情的惦念就會不由自主地湧起。這是遊子最常見的感觸。鄉愁的折磨，在貶斥之臣柳宗元看來，如劍割愁腸，正是鄉戀的深切，使他產生了化身千億的奇想。「君自故鄉來，應知故鄉事。來日綺窗前，寒梅著花未？」（王維《雜詩》其二）詩人這麼關切地向鄉親探尋，不正是懷念故鄉和親人的心情的表露嗎？這首詩與初唐王績

《在京思故園見鄉人問》的構思同一機杼，出於同樣急切的心情。王績在詩中接二連三地發問，迫不及待，王維卻以一總多，正是異曲同工。古代資訊傳遞很不方便，尤其當戰火紛飛的歲月，遠方的音信更經常阻斷。因此，一封家書在心上的分量要比現在沉甸甸得多。有詩為證：「烽火連三月，家書抵萬金。」（杜甫《春望》）在這個前提下，我們才能體會張籍《秋思》中所表現的那種曲折微妙的心理過程：「洛陽城裏見秋風，欲作家書意萬重。復恐匆匆說不盡，行人臨發又開封。」偶遇故人，就難免像岑參《逢入京使》所描述的：「故園東望路漫漫，雙袖龍鍾淚不乾。馬上相逢無紙筆，憑君傳語報平安。」而另一方面，由於家書難寄，魚雁易絕，詩人宋之問從貶謫地嶺南生還，臨近故鄉時，才會有那種既焦慮渴望見到故鄉和親人，又生怕所擔心的禍患被證實的忐忑不安的矛盾心情：「嶺外音書斷，經冬復歷春。近鄉情更怯，不敢問來人。」這是很典型、很有意味的情感體驗。

「獨在異鄉為異客，每逢佳節倍思親。遙知兄弟登高處，遍插茱萸少一人。」（王維《九月九日憶山東兄弟》）這首詩寫出了作客他鄉的遊子的共同心曲。前兩句樸素而精警，後兩句則從對方落筆，用意巧妙。白居易《邯鄲冬至夜思家》後兩句也是寫對方：「邯鄲驛裏逢冬至，抱膝燈前影伴身。想得家中夜深坐，還應說着遠行人。」

可能受了王維詩的啟發。同樣寫對親人的思念，王詩在重陽，白詩在冬至，都是佳節。前兩句直筆深入，後兩句轉為替對方設想，如出一轍。當然，白居易還是善於求變並推陳出新的。

劉皂《旅次朔方》則把鄉愁的範圍擴大，把對鄉土的愛昇華了。它描述了一種既特殊而又很有普遍性的鄉情：「客舍并州已十霜，歸心日夜憶咸陽。無端更渡桑乾水，卻望并州是故鄉。」每一個久客還鄉的人，都會對第二故鄉產生類似劉皂的感情，讀到這首詩，也一定會在心裏引起共鳴。一生漂泊，落葉歸根，賀知章《回鄉偶書二首》其一寫的便是這樣一幕場面：「少小離家老大回，鄉音無改鬢毛衰。兒童相見不相識，笑問客從何處來？」老詩人終於踏上了故鄉的土地。他滿懷的輕快喜悅都被天真無瑕的兒童的這個戲劇性的小插曲給沖淡了，心頭默然湧起深深的感傷：常新的是鄉愁，老去的是時光。

與鄉戀詩相比，愛情詩在唐詩裏的分量較輕，比例較小。這也許是整個古典詩史的一個普遍現象。唐詩中以第一、第二人稱正面敍述男女戀情、夫妻恩愛的作品不多，常見的是假託第三者的口吻出現的對約會、戀情、思念等場景及其情感的描寫。這一類詩還經常使用民歌體。民歌的活潑清新，對愛情的大膽表白，對穩重

矜持的士大夫抒情傳統顯然是一個衝擊、震撼,有時也是一種巧妙的掩飾。當然,我們也不排除以第三人稱展開敍述的愛情詩中實際上凝聚着詩人本身的愛情心理體驗,甚至可能就是詩人情感的寄託和化身。王建《望夫石》:「望夫處,江悠悠。化為石,不回頭。山頭日日風復雨,行人歸來石應語。」望夫石象徵了海枯石爛永不變心的堅貞愛情。李白《長干行》以活潑的民歌曲調,敍述了一個動人的愛情故事,詩中所寫青梅竹馬、兩小無猜等意象,都成為後世愛情文學的常用詞彙。

不少愛情詩訴說少女懷春和少婦思夫的隱曲心理。少婦思夫的閨思閨怨詩容置後文詳說,這裏選錄兩首少女懷春詩,也不過鼎中一臠而已。

楊柳青青江水平,聞郎江上唱歌聲。
東邊日出西邊雨,道是無晴卻有晴。
　　　　　　—— 劉禹錫《竹枝詞二首》其一

春江月出大堤平,堤上女郎連袂行。
唱盡新詞歡不見,紅霞映樹鷓鴣鳴。
　　　　　　—— 劉禹錫《踏歌詞四首》其一

兩首詩描寫懷春少女的神態與心態,洋溢着自然的清新

和青春的歡欣。皇甫松《採蓮子》其二:「船動湖光瀲灩秋，貪看年少信船流。無端隔水拋蓮子，遙被人知半日羞。」這一個渴望愛情的少女，她既大膽又羞怯的形象，被刻畫得細膩傳神。這一類詩反映了古代中國人民的愛情生活和戀愛觀。從晚唐五代開始，這些內容大量轉移到了新興的曲子詞裏，在詩中更為難得一見。

如果詩人用近體詩來敘述戀愛故事或描寫愛情心理體驗，那又是一種格調和寫法。如中唐崔護那首膾炙人口的《題都城南莊》:「去年今日此門中，人面桃花相映紅。人面不知何處去，桃花依舊笑春風。」語簡意豐，微笑的桃花是詩人豔麗的憂傷。晚唐張泌《寄人》的情調更其淒迷:「別夢依依到謝家，小廊迴合曲闌斜。多情只有春庭月，猶為離人照落花。」李商隱的無題詩描述戀愛心理，精巧密麗，婉曲幽美，一唱三歎，極富藝術感染力:

昨夜星辰昨夜風，畫堂西畔桂堂東。
身無彩鳳雙飛翼，心有靈犀一點通。
隔座送鉤春酒暖，分曹射覆蠟燈紅。
嗟余聽鼓應官去，走馬蘭臺類轉蓬。

——《無題二首》其一

相見時難別亦難，東風無力百花殘。

春蠶到死絲方盡，蠟炬成灰淚始乾。

曉鏡但愁雲鬢改，夜吟應覺月光寒。

蓬山此去無多路，青鳥殷勤為探看。

——《無題》

正如「身無彩鳳雙飛翼」一聯被認為是描寫戀人之間心心相印的絕唱一樣，「春蠶到死絲方盡」一聯變成為愛而甘作奉獻、犧牲一切在所不惜的誓詞。

元稹、白居易寫過一些長篇愛情敍事詩，如白居易《長恨歌》、元稹《會真詩》。這類詩雖不多見，在詩歌寶庫卻是異常珍貴的。

古代文學中描寫夫婦恩愛伉儷情深的作品歷來少見，唐詩概莫能外。悼亡詩是表現古代夫婦恩愛思念之情的一種特殊題材。元稹在《遣悲懷三首》、《六年春遣懷八首》、《離思五首》中，追敍燕婉之樂，表達對亡妻韋叢的悼念。「曾經滄海難為水，除卻巫山不是雲」（《離思五首》其四），就是夫妻恩愛的表白。杜甫《月夜》毫不掩飾對妻子的思念，毫不做作地自陳夫婦間的愛情，寫得深婉而溫情：

今夜鄜州月，閨中只獨看。遙憐小兒女，未解憶長安。

香霧雲鬟濕，清輝玉臂寒。何時倚虛幌，雙照淚痕乾？

這是一首難得的好詩，難怪人們對它倍加珍惜，視如空谷足音。

四

獨有宦遊人，偏驚物候新

——登臨與遊覽

獨有宦遊人，

偏驚物候新。

—— 杜審言《和晉陵陸丞早春遊望》

　　唐代詩人大多有過漫遊的生活經歷，在漫遊旅程中，他們或獨自遠行，或與親友二三子登高遠眺，遊山泛水，題詠勝跡，描寫羈旅行役的見聞感受。下面從登臨、遊覽、題詠、行役四個方面，談談這一類反映唐人漫遊生活的詩作。

　　「登山則情滿於山，觀海則意溢於海」（劉勰《文心雕龍·神思》）。唐人登臨遊覽之時，正如劉勰所言，

情意奔湧。陳子昂登上幽州臺，感染的是蒼涼悲壯的情緒；孟浩然與友人登峴首山，不禁弔古傷今：「人事有代謝，往來成古今。江山留勝跡，我輩復登臨。」（《與諸子登峴首》）王之渙在鸛雀樓上極目遠望，視野開闊，胸襟曠達，於是對生活哲理和人生境界有了更深一層的悟入：「白日依山盡，黃河入海流。欲窮千里目，更上一層樓。」李白登上安徽宣城謝朓北樓，周邊美麗如畫的環境給李白留下了深刻印象，懷念前賢，他不禁心生悵惘迷茫：「江城如畫裏，山晚望晴空。兩水夾明鏡，雙橋落彩虹。人煙寒橘柚，秋色老梧桐。誰念北樓上，臨風懷謝公。」（《秋登宣城謝朓北樓》）至於杜甫《登高》、《登岳陽樓》和李益《上汝州郡樓》等篇，則以登臨為骨幹，以身世之感和時勢之慨為血肉。抄錄其中兩首為例：

風急天高猿嘯哀，渚清沙白鳥飛迴。
無邊落木蕭蕭下，不盡長江滾滾來。
萬里悲秋常作客，百年多病獨登臺。
艱難苦恨繁霜鬢，潦倒新停濁酒杯。

　　　　　——杜甫《登高》

黃昏鼓角似邊州，三十年前上此樓。

今日山川對垂淚，傷心不獨為悲秋。

—— 李益《上汝州郡樓》

　　杜甫詩蘊涵深沉的身世感慨，風格蒼涼沉鬱，是杜集七律之冠，甚至被人推舉為古今七律第一篇；李益詩則在今昔對比中透出憂時傷世的蒼涼況味。

　　唐人登山臨水，尋幽訪古，每遇勝跡，輒有題詠，留下了許多不朽的詩篇。韓愈《山石》不用說是一篇散文化的長詩，也是一篇詩化的遊記文。李白《夢遊天姥吟留別》更以天縱之才，在迷離恍惚的夢境中遊歷天姥山勝境，最後發出「安能摧眉折腰事權貴，使我不得開心顏」的追求自由的呼聲，堪稱古今寫夢詩一絕。有些題詠山水勝跡的詩偏愛發思古之幽情，近於懷古詩。另一些則致力於造境寫景，是比較純淨的山水詩。如張祜《題金陵渡》：「金陵津渡小山樓，一宿行人自可愁。潮落夜江斜月裏，兩三星火是瓜洲。」描寫金陵渡口寧靜的夜景，宛然如見。

　　詩人的心是多棱鏡，同一景觀透過鏡心，折射出赤橙黃綠青藍紫。同樣一個洞庭湖，在孟浩然眼裏，是「氣蒸雲夢澤，波撼岳陽城」（《臨洞庭贈張丞相》）；在杜甫眼裏則是「吳楚東南坼，乾坤日夜浮」（《登岳陽樓》）。同一座君山，在雍陶筆下是仙女遺落的一螺青黛：「煙波不

動影沉沉，碧色全無翠色深。疑是水仙梳洗處，一螺青黛鏡中心。」(《題君山》)在方干的筆下，則是被海風吹落的一塊崑崙山石：「曾於方外見麻姑，聞說君山自古無。元是崙崑山頂石，海風吹落洞庭湖。」(《題君山》)詩人各逞靈心，豈甘示弱，對讀比較，會心之處當更多。

　　為謀生仕宦而漫遊的客子，或遭貶斥而遠行的詩人，總要飽嘗風塵的苦辛。「朝扣富兒門，暮隨肥馬塵」(杜甫《奉贈韋左丞丈二十二韻》)；「冠蓋滿京華，斯人獨憔悴」(杜甫《夢李白》)，正是屢見不鮮的事。羈旅行役，風餐露宿，正像溫庭筠《商山早行》所披露的：「晨起動征鐸，客行悲故鄉。雞聲茅店月，人跡板橋霜。槲葉落山路，枳花明驛牆。因思杜陵夢，鳧雁滿迴塘。」又如劉長卿《逢雪宿芙蓉山主人》所寫的：「日暮蒼山遠，天寒白屋貧。柴門聞犬吠，風雪夜歸人。」風塵的勞頓，漂泊的厭倦，鄉愁的縈繞，在心頭交織成網，圍困着宦遊之人。對有些詩人來說，這種心理負擔只露出淡淡的憂愁，而在另一些詩人，卻懷着深深的怨傷。前者如王灣《次北固山下》，後者如杜甫《旅夜書懷》：

客路青山外，行舟綠水前。潮平兩岸闊，風正一帆懸。
海日生殘夜，江春入舊年。鄉書何處達？歸雁洛陽邊。
　　　　　　　　—— 王灣《次北固山下》

細草微風岸，危檣獨夜舟。星垂平野闊，月湧大江流。
名豈文章著？官應老病休。飄飄何所似？天地一沙鷗。
—— 杜甫《旅夜書懷》

　　二詩各有兩聯氣勢壯闊的寫景佳句，王詩中二聯體
現了充滿希望，生機勃勃的盛唐氣象；杜詩則是對漂泊
無依的辛勞人生的高度概括。

五

可憐閨裏月,長在漢家營

——閨怨與邊思

可憐閨裏月,

長在漢家營。

——沈佺期《雜詩三首》其三

　　邊塞詩在前面已談到,這裏迴避正題,再從側面觀察一下。

　　閨怨與邊思可以說是一個問題的兩個方面,大多數從屬邊塞詩。正是由於從軍出塞,才造成夫婦或情人勞燕分飛,產生了閨中和征人的怨思。閨怨詩的產生還有其他原因和背景,如因商賈逐利和良人宦遊而帶來的夫婦分離,所以,雖然大多數閨怨與邊思題材從屬於邊塞

詩主題，實質上卻不能等量齊觀。

閨中思怨表達了閨中人對青春的珍惜、對愛情的渴望、對幸福的嚮往。對戍守邊疆的良人的思念和盼望是這類詩中最原始基本的情愫。如沈如筠《閨怨》：「雁盡書難寄，愁多夢不成。願隨孤月影，流照伏波營。」又如李白《春思》：「燕草如碧絲，秦桑低綠枝。當君懷歸日，是妾斷腸時。春風不相識，何事入羅幃？」因長久思念而生愁，以至多愁失眠；因盼望落空而斷腸，以至怨怪春風。二詩對思婦心理的把握都很細膩。日有所思，夜有所夢。「嫋嫋城邊柳，青青陌上桑。提籠忘採葉，昨夜夢漁陽。」（張仲素《春閨思》）「夢裏分明見關塞，不知何路向金微？」（張仲素《秋閨思二首》其一）「打起黃鶯兒，莫教枝上啼。啼時驚妾夢，不得到遼西。」（金昌緒《春怨》）夢裏的情景是那麼逼真，那麼親切，那麼值得留戀。只有夢才給思婦帶來片刻的慰藉，無怪乎她們要細細品味夢境，而忘了採桑，無怪乎她們要遷怒於攪破清夢的黃鶯，即此可見日裏的思念又是多麼癡絕執迷。「可憐閨裏月，長在漢家營」，陌上無邊的春色，常引逗得人春心蕩漾：「閨中少婦不曾愁，春日凝妝上翠樓。忽見陌頭楊柳色，悔教夫婿覓封侯。」這是惋惜青春虛擲的怨曠之歌。是啊，短暫的人生，更其短暫的青春，能擁有幾個這樣美好的春日呢？

　　獨守空閨的，除了征人遊子的妻子（在古詩中她們常被稱作「蕩婦」──蕩子之婦），還有「重利輕別離」的商人之婦。惟其如此，「老大嫁作商人婦」（《琵琶行》）才是一件不幸的事。「嫁得瞿塘賈，朝朝誤妾期。早知潮有信，嫁與弄潮兒。」（李益《江南曲》）也許這正是當時天下商人婦的共同心聲吧。中唐劉采春《囉嗊曲六首》也是吟唱商人婦的辛酸的。其第一首：「不喜秦淮水，生憎江上船。載兒夫婿去，經歲又經年。」其第三首：「莫作商人婦，金釵當卜錢。朝朝江口望，錯認幾人船。」正可以作為前兩詩的詳細注腳。這些詩的流行，證明這一題材在當時有較廣泛的社會基礎。「為有雲屏無限嬌，鳳城寒盡怕春宵。無端嫁得金龜婿，辜負香衾事早朝。」（《為有》）相對而言，類似李商隱這首詩中那種因夫婿早朝而不能同享春宵乃生怨艾的就比較少了。「悔教夫婿覓封侯」庶幾似之，但李商隱詩中追悔的不是追求功名的行為，而是其結果──功名本身，立意又深了一層。

　　與閨中思怨相對的，是征人的怨思。「何時平胡虜，良人罷遠征？」（李白《子夜吳歌》），這個心願是征夫思婦所共有的。與思婦相比，征夫又多了一種情感體驗──體現在望鄉這一動作中的盈盈鄉思。「回樂烽前沙似雪，受降城外月如霜。不知何處吹蘆管，一夜征人盡望鄉。」（李益《夜上受降城聞笛》）一曲笛聲，勾起

全軍無數人一樣的鄉愁，彌漫於無邊的瀚海中。鄉思意味着思念故鄉的親友，這自然包括溫馨的家庭，可愛的妻兒。

守衞邊庭的將士一般是豪邁慷慨、捨身衞國、視死如歸的，有如李益《塞下曲》所描寫的：「伏波惟願裹屍還，定遠何須生入關。莫遣隻輪歸海窟，仍留一箭定天山」，他們誓以志願馬革裹屍的漢將馬援和投筆從戎立功萬里之外的班超為榜樣。然而，士兵的境遇往往是很悲慘的。盧綸《逢病軍人》中的這個退伍傷兵即是一個典型事例：「行多有病住無糧，萬里還鄉未到鄉。蓬鬢哀吟古城下，不堪秋氣入金瘡。」我們仿佛聽到了他痛苦的呻吟。那些為了保衞祖國而戰死沙場的人，親人不知，猶在日裏夢裏思念着他們。詩人為此落下了同情的眼淚：「誓掃匈奴不顧身，五千貂錦喪胡塵。可憐無定河邊骨，猶是春閨夢裏人！」（陳陶《隴西行》）無休止的戰爭帶給士兵的是創傷，是流血，是苦難，富貴封侯的畢竟是極少數。所以，曹松《己亥歲》悲憤地寫道：「澤國江山入戰圖，生民何計樂樵蘇。憑君莫話封侯事，一將功成萬骨枯。」這首詩的本意並不是寫邊塞戰爭，而是在內地發生的鎮壓人民起義的戰爭，但詩歌揭露利祿的血腥，表達人民厭倦戰爭、愛好和平的願望，這一主題卻超越了特定的時空界限，具有更深廣的意義。

六

近來時世輕先輩，好染髭鬚事後生

——時事與感諷

近來時世輕先輩，

好染髭鬚事後生。

　　　　　　　── 劉禹錫《與歌者米嘉榮》

　　陳子昂和張九齡的《感遇》，李白的《古風》，杜甫「即事名篇，無復依傍」的樂府詩作，元結等《篋中集》詩人，元白等人倡導的新樂府運動，李商隱的七律及無題詩，晚唐皮日休、陸龜蒙、聶夷中、杜荀鶴、羅隱等

人的諷諭現實的詩作，在唐詩史上構成一個繼承《詩經》以及漢魏樂府詩的現實主義詩歌傳統。在前文，我們已經讀到了不少反映現實、感慨時事的優秀詩作，這裏，讓我們再讀幾首政治抒情詩、諷刺詩和世情詩，重溫記憶，加深印象。

白居易《放言五首》就是一組政治抒情詩。元和五年（810），元稹曾因得罪權貴被貶江陵，作《放言》詩五首，表達自己的憤激。元和十年（815），白居易也因得罪當政，被貶江州司馬，就追步元稹寫下七律《放言五首》。這組詩富有理趣，以議論見長，陳述了詩人對社會和人生的看法，抒發了宦海挫折的憤懣。第三首寫得最深刻精警：

贈君一法決狐疑，不用鑽龜與祝蓍。
試玉要燒三日滿，辨材須待七年期。
周公恐懼流言日，王莽謙恭未篡時。
向使當初身便死，一生真偽復誰知？

頷聯二句就是從歷史經驗中總結出來的生活哲理。如何正確辨別人事的真偽優劣，實非易事。詩人在這裏提出了考察事物要兼顧現象和本質，剖析現象，揭取本質，辨識忠奸，也要置之於歷史長河之中，要全面觀察，否

則賢明如周公，也難免身被惡名；奸詐如王莽，反而會博得一時美譽。「周公恐懼流言日」以下四句用筆勁直，令人觸目驚心。這種議論是詩人在政治上遭遇失敗之後有感而發，兼有政治抒情詩的激情和時事諷刺詩的鋒芒。

唐代政治諷刺詩的名篇，有劉禹錫《元和十年自朗州召至京戲贈看花諸君子》、《再遊玄都觀》，張祜《集靈臺二首》以及羅隱的一批詠物諷刺詩等，它們不僅大膽諷刺時事，而且詞鋒犀利，有很高的藝術性。這裏不復羅列，另舉一首文人詩和一首民謠為例：

瑤池阿母綺窗開，黃竹歌聲動地哀。
八駿日行三萬里，穆王何事不重來？
                ——李商隱《瑤池》

生兒不用識文字，鬥雞走馬勝讀書。
賈家小兒年十三，富貴榮華代不如。
能令金距期勝負，白羅繡衫隨軟輿。
父死長安千里外，差夫持道挽喪車。
                ——《神雞童謠》

《瑤池》對晚唐諸帝迷信神仙、祈求長生不老的誕妄予以辛辣諷刺。周穆王雖然到過瑤池仙境，終究難逃生死大

限，不能重訪瑤池，可見求仙的虛妄。詩的末句以反詰問句出之，表達方式委婉，而諷刺挖苦更為尖刻，體現了李商隱詩語婉意深的特點。《神雞童謠》寫的是一個十三歲的長安小兒賈昌因擅長鬥雞，成為玄宗寵信的大紅人，不僅身得榮華富貴，連其父死後也大為沾光，享受高規格的葬禮。詩開門見山，「生兒不用識文字，鬥雞走馬勝讀書」二句，對唐朝統治者的埋沒人才和昏庸荒誕極盡嬉笑怒罵。李商隱《賈生》：「宣室求賢訪逐臣，賈生年少更無倫。可憐夜半虛前席，不問蒼生問鬼神！」假借詠史，同樣諷刺了統治者埋沒人才妄求神仙的荒誕。

世風澆薄，人心險惡，引起詩人的感歎。這些描寫人情世態的詩可以簡稱為世情詩。張謂《題長安壁主人》就揭露了金錢對人心的侵蝕，勢利對社會的污染，表達了對世風日下的惋惜與對世態炎涼的嫉恨：

世人結交須黃金，黃金不多交不深。
縱令然諾暫相許，終是悠悠行路心。

通篇議論，純用賦筆，對世情的刻畫卻入木三分。劉禹錫《竹枝詞九首》其七則借比興發端，引出對人心險惡的慨歎：

瞿塘嘈嘈十二灘，人言道路古來難。

長恨人心不如水，等閒平地起波瀾。

　　詩以自然險灘襯托人事複雜，產生強烈的對比效果，而設喻巧妙，措辭精警，堪稱驚心動魄。行路難，路難行。難做人，人難做。奸佞小人對這個正直詩人百般誣陷、排擠、迫害，使他充滿了憤世嫉俗的情緒。這也說明：世情詩往往有濃厚的政治色彩。

七

人世幾回傷往事，山形依舊枕寒流

——詠史與懷古

人世幾回傷往事，

山形依舊枕寒流。

——劉禹錫《西塞山懷古》

顧名思義，詠史詩是吟詠歷史人物或歷史事件的作品，詩人往往在此基礎上抒發議論、表示意見，間或摻入自己的身世感慨，而類似於詠懷。懷古詩則詠懷古跡，因登臨遊覽而引發思古之幽情，自然不免在古跡往

事的描述中融入自己的思想感情。值得注意的是，有些詠史詩、懷古詩並不能從標題上一眼看出來，而且，詠史詩與懷古詩的界限很模糊，難以截然劃清，但它們理所當然地屬於同一題材大類。

唐代詠史詩多專詠一人一事。從創作上講，概括史事簡潔生動，評論精闢透徹，是詠史詩成功的關鍵。敘事含蓄和立論精警因此成為詠史詩的藝術標準之一。杜牧《赤壁》即以含蓄著稱：「折戟沉沙鐵未銷，自將磨洗認前朝。東風不與周郎便，銅雀春深鎖二喬。」那麼轟轟烈烈的一場赤壁之戰，只擷取借東風一事加以設想生發，若東風不與方便，則東吳必定戰敗。二喬分別是吳主孫權的親嫂和吳軍統帥周瑜的夫人。「銅雀春深鎖二喬」，意味着東吳失敗將會遭受如何難堪的屈辱。這兩句詩因小見大，深得婉約之妙。有些人不理解這一點，卻胡亂指責杜牧是不惜江山只憐美人，真正是不知輕重好歹了。

至於立論新奇精闢的詠史詩，唐代比比皆是，如杜牧《烏江亭》：「勝敗兵家事不期，包羞忍恥是男兒。江東子弟多才俊，捲土重來未可知。」全靠議論精采取勝。又如晚唐章碣《焚書坑》吟詠秦始皇焚書坑儒：「竹帛煙銷帝業虛，關河空鎖祖龍居。坑灰未冷山東亂，劉項原來不讀書。」立論新奇，出人意料。秦始皇以為焚書坑

儒就可以永保其萬世帝業，殊不知秦王朝在他死後沒幾年就傾覆了，而使秦朝滅亡的劉邦、項羽等人，一個原本是市井無賴，一個是世代將家出身，都不是儒生，也從來沒把書當回事兒。這真是對秦始皇專制的文化愚民政策的莫大諷刺。

為追求詠史詩奇崛的藝術效果，詩人發表議論之時，喜歡作翻案之筆。如李商隱《詠史》：「北湖南埭水漫漫，一片降旗百盡竿。三百年間同曉夢，鍾山何處有龍盤？」北湖就是今天南京的玄武湖，因其位於城北而得名，南埭則位於玄武湖邊的雞鳴寺一帶。這首詠史詩非專詠一人一事，而是囊括六朝三百年的興亡滄桑而總寫之。詩人從南朝最終覆亡的恥辱中，總結出事在人為、形勝不足恃的歷史教訓。古人向來認為金陵是龍盤虎踞之地，藏有王氣，適合為帝王之都，李商隱卻將這種陳腔濫調一掃而空，翻出新意。

絕大多數詠史詩創作都有古為今用的目的，純粹客觀的描述式的詠史詩不是沒有，然而多非上乘之作。許多詩人借詠史而託古諷今，如安史之亂後國勢大衰，唐朝不得不執行屈辱的邊塞和親政策，戎昱《詠史》即針對此事而發：「漢家青史上，計拙是和親。社稷依明言，安危託婦人。豈能將玉貌，便擬靜胡塵。地下千年骨，誰為輔佐臣？」二三兩聯鞭辟入裏，指出以和親換取短

暫和平的不可靠及其危害性，當時傳誦極廣。據說唐憲宗曾稱誦此詩，責備那些持和親之議的大臣。李商隱的《北齊二首》也有總結歷史教訓、為當政提供借鑒的意義。詩寫得十分凝煉含蓄，在議論與形象的契合中，磨礪出諷刺批判的犀利尖銳：「一笑相傾國便亡，何勞荊棘始堪傷。小憐玉體橫陳夜，已報周師入晉陽。」「巧笑知堪敵萬機，傾城最在著戎衣。晉陽已陷休回顧，更請君王獵一圍。」

晚唐詠史懷古詩大盛，李商隱、溫庭筠、杜牧、許渾、章碣於此道皆頗擅長，還有四個專力寫詠史題材組詩的人：胡曾有《詠史詩》一百五十首，汪遵有《詠史詩》五十九首，孫玄晏有《六朝詠史詩》七十五首，周曇有《詠史詩》一百九十五首。其數量之多，系列性之強，計劃之周密，均超邁前賢。但他們的詠史詩偏重史事或古跡的陳述描寫，興寄較淺，格調不高，有些像歷史敘事詩或史事的韻文概括，通俗上口。他們被採用為後來講史話本或歷史小說中的「引詩為證」，正可謂得其所宜，物盡其用。

在許渾、溫庭筠諸人之前，李白、杜甫、劉禹錫都擅長寫懷古詩。先看李白的兩首：

越王勾踐破吳歸，戰士還家盡錦衣。

宮女如花滿春殿，只今惟有鷓鴣飛。

——《越中覽古》

牛渚西江夜，青天無片雲。登舟望秋月，空憶謝將軍。
余亦能高詠，斯人不可聞。明朝掛帆席，楓葉落紛紛。

——《夜泊牛渚懷古》

　　第一首寫歷史盛衰無常，充滿了滄桑感，前三句寫
盛，一氣直下，第四句陡轉寫衰，如沖波逆折，徹底推
翻並淹沒了前三句所構築起來的繁華喧鬧的詩世界，筆
力可謂矯健非凡。第二首則從東晉詩人袁宏得到謝尚賞
識而登大用，引起對古賢的追慕和對身世的感慨。

　　杜甫《詠懷古跡五首》是一組久負盛名的懷古詩，
分別詠懷有關宋玉、王昭君、劉備、諸葛亮、庾信的古
跡。「搖落深知宋玉悲，風流儒雅亦吾師。悵望千秋一灑
淚，蕭條異代不同時。江山故宅空文藻，雲雨荒臺豈夢
思。最是楚宮俱泯滅，舟人指點到今疑。」悵望古跡，
緬懷先賢，語中流露了詩人晚年的蕭條悲慨。第三首詠
昭君村，「畫圖省識春風面，環珮空歸月夜魂」二句清美
傳神。第一首詠庾信宅，並以庾信自況，幾乎可以說是
一篇詠懷詩。「庾信平生最蕭瑟，暮年詩賦動江關」，關
合彼我，意緒雄渾蒼涼，傳為名句。

劉禹錫懷古詩流麗清暢，而又含蓄雋永，自成一格。《金陵五題》中的《石頭城》和《烏衣巷》兩篇，人所習誦。「山圍故國周遭在，潮打空城寂寞回。淮水東邊舊時月，夜深還過女牆來。」（《石頭城》）「朱雀橋邊野草花，烏衣巷口夕陽斜。舊時王謝堂前燕，飛入尋常百姓家。」（《烏衣巷》），意境清麗，音調流美，極易使人感染詩中的感傷情調。《西塞山懷古》則筆勢開闊，感慨深沉：「王濬樓船下益州，金陵王氣黯然收。千尋鐵鎖沉江底，一片降幡出石頭。人世幾回傷往事，山形依舊枕寒流。今逢四海為家日，故壘蕭蕭蘆荻秋。」傷懷往事，正是為了印證今日統一局面的可貴。割據必敗，分裂不能長久，這個在劉禹錫時代很有現實針對性的道理盡在不言之中，不難於詩語之外體會到。

八

玉顏不及寒鴉色，猶帶昭陽日影來

——宮怨與遊仙

玉顏不及寒鴉色，

猶帶昭陽日影來。

——王昌齡《長信秋詞五首》其二

　　宮怨詩在唐代又叫宮詞，其內容是描寫宮女生活，而以表現宮女失寵的幽怨和青春遭埋沒、自由被囚禁的寂寞悲哀為主。這類詩對帝王之荒淫生活有所揭露，對宮女之悲慘命運深致不平並寄予同情。為適應內容表

現，詩的語言多數比較清麗，形式多為七絕，間或採用其他體裁，如薛逢《宮詞》即是一首七律。宮怨詩早已有之，如古樂府中的《怨歌行》、《相和歌辭・楚調曲》中的《玉階怨》、《婕妤怨》、《長信怨》等，在唐代更成為一個熱門題材，吸引了許多詩人。中唐詩人王建和五代詩人和凝各有《宮詞一百首》，使這類詩的題材範圍進一步推衍，但其中水平參差不齊，精品不多。

漢武帝陳皇后失寵後，謫居長門宮。漢成帝寵愛居住在昭陽殿裏的趙飛燕姐妹，冷落了原先喜愛的班婕妤，班婕妤就自願請求到長信宮去侍奉太后。昭陽殿和長信宮、長門宮，在後代便成為得寵和失寵的代名詞。唐人宮怨詩中經常借用這兩個歷史故事，以漢喻唐，借古諷今，而遣詞命意皆富於變化。王昌齡《春宮曲》：「昨夜風開露井桃，未央前殿月輪高。平陽歌舞新承寵，簾外春寒賜錦袍。」未央前殿、平陽公主等都是漢代的人事，而詩人在這裏諷刺的卻是「後宮佳麗三千人，三千寵愛在一身」的楊玉環和「春宵苦短日高起，從此君王不早朝」（《長恨歌》）的唐玄宗。王昌齡《長信秋詞五首》也是借班婕妤的故事寫唐代宮女的思想和感情。

失寵的宮女虛擲青春，生活百無聊賴，寂寞淒涼，沒有歡樂，沒有笑聲，只有一個個不眠之夜。「金井梧桐秋葉黃，珠簾不捲夜來霜。熏籠玉枕無顏色，臥聽南宮

清漏長。」(《長信秋詞五首》其一)就是寫深宮寒夜無寐之人的黯淡心情。李益《宮怨》通過對時間感覺的極度誇張,更進一步加強了失寵得寵的哀樂對比,「露濕晴花春殿後,月明歌吹在昭陽。似將海水添宮漏,共滴長門一夜長。」愁人最知夜長。在哀怨的宮女的感覺中,漫漫愁夜正是長得像宮漏滴乾海水的過程。前兩句寫得寵者的歡樂,用筆尚屬平直,後兩句寫失寵者的孤寂,構思奇妙,毫不合理而飽含深情。

「紗窗日落漸黃昏,金屋無人見淚痕。寂寞空庭春欲晚,梨花滿地不開門。」(劉方平《春怨》)這首詩寫的是閨怨還是宮怨,題目中沒有明言,從第二句「金屋」一詞來看,應該是一首宮怨詩。宮女有如春花,「年年花落無人見,空逐春泉出御溝」(司馬札《宮怨》)。這樣辜負青春,作踐生命,實在令人於心不忍。開始是滿心的期待、盼望,結果總是徹底的落空、失望。劉禹錫假託阿嬌亦即陳皇后之口寫的《阿嬌怨》:「望見葳蕤舉翠華,試開金屋掃庭花。須臾宮女傳來信,言幸平陽公主家」,以一連串戲劇性的動作過程,表現了從乍喜、盼望、失望到幽怨的心理變化過程。白居易《後宮怨》表達失寵宮女的哀怨,落筆更直截痛快:「淚濕羅巾夢不成,夜深前殿按歌聲。紅顏未老恩先斷,斜倚熏籠坐到明。」朱慶餘《宮怨》則為我們展現了宮女生活的另一

面：「寂寂花時閉院門，美人相並立瓊軒。含情欲說宮中事，鸚鵡前頭不敢言。」滿腹怨憤卻不敢吐露一個字，怕是鸚鵡學舌傳開，招來橫禍。這欲說而不敢說的事實提示我們：宮女所處的不僅是一個難見天日的黑暗世界，更是一個充滿恐懼的兇險之地。

有些宮怨詩在寫宮女的怨恨的詞面意義上，還有更深一層的比興含義。章碣《東都望幸》就是以宮怨諷刺當時的主考高湘提攜自己的關係戶邵安石入第而將其他應試士人黜落，揭露了科舉制度的不公平，可謂構思新巧，比喻貼切。詩曰：「懶修珠翠上高臺，眉月連娟恨不開。縱使東巡也無益，君王自領美人來。」杜荀鶴《春宮怨》詩云：「早被嬋娟誤，欲妝臨鏡慵。承恩不在貌，教妾若為容？風暖鳥聲碎，日高花影重。年年越溪女，相憶採芙蓉。」大多數讀者激賞第三聯所描寫的暖融融的春天光景，稱讚其藝術感覺敏銳尖新，寫景準確綺麗，其實第二聯暗含的懷才不遇的憤激怨刺，也表現得新穎巧妙。宮怨詩的這種寫法在後代發展為以宮怨為掩護影射政治的一類詩。

遊仙詩開始出現於道家思想廣泛影響文人的晉代。東晉郭璞作《遊仙詩》，苦於人間黑暗，世路狹窄，乃追慕道家神仙之說，欲擺脫俗累，以仕宦為敝屣。其詩中多自敘成分，接近於憂生憤世的詠懷詩。唐代以遊仙

詩著名的是晚唐詩人曹唐，今存《大遊仙詩》七律十七首，《小遊仙詩》七絕九十八首。大遊仙詩寫仙道故事，敍事色彩濃厚，而且語言平易，很可能是穿插在當時說唱神仙故事中的唱詞。小遊仙詩則寫仙女的生活和思想感情。曹唐曾經做過道士，篤信神仙，大小遊仙詩體現了他所稟受的道家思想的影響。另一方面，唐代文人常把妖豔的婦人、風流放蕩的女道士以及娼妓稱為仙，把狎妓稱為遊仙。因此，一部分遊仙詩也影射了女道士等的淫蕩生活，以迎合當時社會風氣和世俗心理。從這個意義上說，初唐時代張鷟描寫與妓女戀愛故事的小說《遊仙窟》中穿插的許多五言詩，也屬於遊仙詩的範疇。

茲錄曹唐大、小遊仙詩各一篇，以見一斑：

不將清瑟理霓裳，塵夢那知鶴夢長。
洞裏有天春寂寂，人間無路月茫茫。
玉沙瑤草連溪碧，流水桃花滿澗香。
曉露風燈易零落，此生無處訪劉郎。
　　　　　　——《仙子洞中有懷劉阮》

笑擎雲液紫瑤觥，共請雲和碧玉笙。
花下偶然吹一曲，人間因識董雙成。
　　　　　　——《小遊詩》

九

咫尺應須論萬里，此時無聲勝有聲
——題畫與賞樂

咫尺應須論萬里。

　　　　　——杜甫《戲題王宰畫山水圖歌》

此時無聲勝有聲。

　　　　　——白居易《琵琶行》

　　中國文化精神崇尚綜合整一，融會貫通，中國藝術的各個門類之間彼此關聯，題畫詩與賞樂詩就是詩歌與

繪畫、音樂這兩個相鄰的藝術部門聯姻的結果。

　　唐代題畫詩還不像宋以後那樣直接題在畫幅之上，而是以詩讚述繪畫作品，表達自己的欣賞經驗和由此觸發的情思。詩中題詠的原畫今天大多失傳，但借助詩人的神來之筆，我們依然可以追想畫幅的優美形象，感歎畫工的高超技藝，讀詩的效果有時並不遜色於觀賞原畫。如杜甫《丹青引贈曹將軍霸》、《戲題王宰畫山水圖歌》和李白《當塗趙炎少府粉圖山水歌》都有對畫中山水的傳神描繪。杜甫《畫鷹》成功塑造的那隻桀驁凜然栩栩如生的蒼鷹形象，是詩人奮發進取的雄心壯志和嫉惡如仇的搏擊激情的寄託和象徵。

素練風霜起，蒼鷹畫作殊。攫身思狡兔，側目似愁胡。
絛鏇光堪摘，軒楹勢可呼。何當擊凡鳥，毛血灑平蕪！

這也正是杜甫不甘寂寞志向遠大的自白。詩中對畫鷹神態的生動描繪，傳達出逼真的藝術效果。盛唐時代有一個不很知名的詩僧景雲，曾以看似樸拙實則別致的筆法，讚揚畫家善於遺貌取神，形象逼真的藝術造詣。「畫松一似真松樹，且待尋思記得無？曾在天台山上見，石橋南畔第三株。」（《畫松》）首句拙筆直入，次句故作狡獪，造成波折，三四兩句一氣直下，卻讓人感覺從

容不迫。這樣表述觀畫時的審美感受，曲折巧妙，不落窠臼。

　　題畫詩把一種視覺形象轉換成另一種視覺形象，賞樂詩則時常要把一種聽覺形象轉換成另一種聽覺形象，更多的時候，是把聽覺形象轉換成截然不同的視覺形象。因此，在賞樂詩中，詩人經常巧妙運用五官通感的原理，將味覺、嗅覺、聽覺、觸覺、視覺諸種感覺合併在一起，串通起來，以形容音樂帶來的精微複雜的感受。白居易《琵琶行》中描繪琵琶聲的片斷、韓愈《聽穎師彈琴》和李賀《李憑箜篌引》，是唐詩中摹寫音樂的三篇典範之作，而又各擅勝場。

……大弦嘈嘈如急雨，小弦切切如私語。間關鶯語花底滑，幽咽泉流水下難。冰泉冷澀弦凝絕，凝絕不通聲暫歇。別有幽愁暗恨生，此時無聲勝有聲。銀瓶乍破水漿迸，鐵騎突出刀槍鳴，曲終收撥當心畫，四弦一聲如裂帛。

　　　　　　　　── 白居易《琵琶行》

昵昵兒女語，恩怨相爾汝。劃然變軒昂，勇士赴敵場。浮雲柳絮無根蒂，天地闊遠隨飛揚。喧啾百鳥群，忽見孤鳳凰。躋攀分寸不可上，失勢一落千丈強。嗟余有兩

耳，未省聽絲篁。自聞穎師彈，起坐在一旁。推手遽止之，
濕衣淚滂滂。穎乎爾誠能，無以冰炭置我腸。

—— 韓愈《聽穎師彈琴》

吳絲蜀桐張高秋，空山凝雲頹不流。江娥啼竹素女愁，
李憑中國彈箜篌。崑山玉碎鳳凰叫，芙蓉泣露香蘭笑。
十二門前融冷光，二十三絲動紫皇。女媧煉石補天處，
石破天驚逗秋雨。夢入神山教神嫗，老魚跳波瘦蛟舞。
吳質不眠倚桂樹，露腳斜飛濕寒兔。

—— 李賀《李憑箜篌引》

這三篇詩在描摹樂聲時都借助了一系列外在於音樂和詩
的主觀的事物形象來表現，這是它們的共同點，但它們
的差異性甚至比一致性更大、更明顯。白居易調動了一
系列形象描寫，極盡描摹形容之能事，卻始終沒有超出
與聽覺相關的形象的範圍，因此這一段詩歌有特別強的
音樂性和節奏感。韓愈在聽覺形象之外兼用視覺形象，
如「勇士赴敵場」、「浮雲柳絮無根蒂，天地闊遠隨飛
揚」等，在形容樂聲之外，更重要的是隱喻音樂的旋律
美和動人的力量，使詩歌具有繪畫美。白、韓二人詩中
所用意象都是比較客觀的，也是現實的，沒有違背理性
原則。而李賀詩中運用的全部視覺意象卻幾乎都是非理

性的，都經過了藝術變形。雲凝而下流，露能泣，蘭能笑，而且音樂還具備消融冷光寒氣的熱功能，真是奇妙。這種不羈的想像，非同尋常的意象創造，聲光色溫諸種感覺的貫通融合，在李賀這首詩中構築了一個夢幻般奇麗的世界。優美動聽的樂聲及其強烈的感染效果，都在這個非理性現實的世界裏找到了最合乎感性結構和藝術原則的表現形式。

李白也擅長賞樂詩。「一為遷客去長沙，西望長安不見家。黃鶴樓中吹玉笛，江城五月落梅花。」(《與史部郎中欽聽黃鶴樓上吹笛》) 這是在黃鶴樓上聽笛。「誰家玉笛暗飛聲，散入春風滿洛城。此夜曲中聞折柳，何人不起故園情。」(《春夜洛城聞笛》) 這是在洛城聞笛。抒發在笛聲中油然而生的去國懷鄉之感，景中含情，自然高妙。《聽蜀僧濬彈琴》描繪琴音悅耳動人，是一首清新明快的好詩。盛唐詩人李頎也寫過一些賞樂詩，其中《聽安萬善吹觱篥歌》和《聽董大彈胡笳聲兼寄語房給事》二首鋪陳渲染，內容豐富，也頗為有名。

十 ——唱酬與應制

獨有鳳凰池上客，陽春一曲和皆難

獨有鳳凰池上客，

陽春一曲和皆難。

—— 岑參《和賈至舍人早朝大明宮之作》

　　詩歌是唐人在日常生活和政治生活中進行思想感情交流或純粹用於場面應酬的一種重要的社會交際手段。唐詩中大量的酬贈唱和詩及應制、應令、應教之作，說明這一社交手段在現實生活中使用頻率很高。這類詩歌

有表情達意的特定格式，是那個詩酒風流的時代留給我們的寶貴財產。

　　贈詩表達詩人對受贈者的讚譽、仰慕、干謁、祝願、規勸，或者對其不幸命運表達同情，用意各殊，寫法自然不同。杜甫《贈花卿》：「錦城絲管日紛紛，半入江風半入雲。此曲只應天上有，人間能得幾回聞？」對花卿僭越禮法倨傲驕恣提出隱含譏刺的婉諷。羅隱《贈妓雲英》：「鍾陵醉別十餘春，重見雲英掌上身。我未成名君未嫁，可能俱是不如人。」懷才不遇的詩人和淪落風塵的歌妓惺惺相惜，悲慨相同，調笑之餘，也有勸慰對方之意。當受贈者與詩人之間空間懸隔，贈詩便轉化為另一種形態——寄贈。如孟浩然《秋登萬山寄張五》、《宿桐廬江寄廣陵舊遊》，李白《憶舊遊寄譙郡元參軍》、《廬山謠寄盧侍御虛舟》。這類詩的標題往往可以分為兩個部分，「秋登萬山」、「宿桐廬江」、「憶舊遊」等可以視為正題，「寄張五」、「寄廣陵舊遊」、「寄譙郡元參軍」等則是副標題。有贈詩就有酬答。劉禹錫被貶嶺南連州時，摯友柳宗元曾贈以《衡陽與夢得分路贈別》一詩，劉禹錫以《再授連州至衡陽酬柳柳州贈別》一詩回報。元白劉柳四人篤於友情，彼此酬贈之詩頗多。劉禹錫《酬樂天揚州初逢席上見贈》就是回答白居易的一首廣為流傳的詩作：

巴山楚水淒涼地，二十三年棄置身。

懷舊空吟聞笛賦，到鄉翻似爛柯人。

沉舟側畔千帆過，病樹前頭萬木春。

今日聽君歌一曲，暫憑杯酒長精神。

第三聯自比「沉舟」、「病樹」，旋即轉進到「千帆」、「萬木」，表達了詩人由悵惘而豁達、從消沉到振作的情緒流程。後人以意逆志，賦以新生事物必定戰勝腐朽勢力的新意，越加膾炙人口。

　　唱和詩依原詩與和作在用韻方面的諧調密切程度，分為四個等級：和意而不和韻；依韻（亦稱同韻，只使用同一個韻部，而不限定所用的韻字）；用韻（即用相同的韻字，而不要求韻字出現的順序同於原詩）；次韻（亦稱步韻，即韻腳句句相同，字字對應）。顯然，第一種最寬鬆自由，盛唐人和詩不和韻，大多屬於此種。第二、三種限制較嚴。第四種拘束最多，因此為喜歡逞才炫學的詩人所偏愛。中唐元白等人開始有較多的次韻詩，晚唐皮、陸二子更有意識地大量製作。宋代以後，這種創作方法影響甚大，次韻之作有一疊、再疊以至十疊、二十疊，多達數十首乃至上百首，因難見巧，文字遊戲的成分也相應增大了。

　　唐肅宗乾元元年（758）春天，由中書舍人賈至首

唱，太子中允王維、左拾遺杜甫、右補闕岑參等人參與奉和的四首七律早朝大明宮詩，即屬和意不和韻一類。詩表現了唐朝經歷安史之亂、轉危為安走向復興的氣象，風格富麗精工，藝術上各有長處，而岑、王二篇較佳。

絳幘雞人報曉籌，尚衣方進翠雲裘。

九天閶闔開宮殿，萬國衣冠拜冕旒。

日色才臨仙掌動，香煙欲傍袞龍浮。

朝罷須裁五色詔，珮聲直到鳳池頭。

　　　　　　　—— 王維《和賈至舍人早朝大明宮之作》

雞聲紫陌曙光寒，鶯囀皇州春色闌。

金闕曉鐘開萬戶，玉階仙仗擁千官。

花迎劍佩星初落，柳拂旌旗露未乾。

獨有鳳凰池上客，陽春一曲和皆難。

　　　　　　　—— 岑參《和賈至舍人早朝大明宮之作》

　　張仲素原唱、白居易和作的《燕子樓》七絕各三首，屬於次韻一類。今以其中第一首為例。張仲素所作為：

樓上殘燈伴曉霜，獨眠人起合歡牀。

相思一夜情多少，地角天涯未是長。

白居易的和詩是：

滿牀明月滿簾霜，被冷燈殘拂臥牀。
燕子樓中霜月夜，秋來只為一人長。

不僅與張仲素原唱所押韻部一樣，連所用的韻腳字「霜」、「牀」、「長」排列的先後順序也完全相同，亦步亦趨，不曾走樣。

　　應制詩和早朝大明宮之作那樣的朝省詩，同樣屬於以歌功頌德為基調的宮廷文學。奉皇帝的命令作詩稱為「應制」或「應詔」，奉皇后、太子的命令作詩稱為「應令」，奉諸侯王的命令作詩稱「應教」。這些都包含在廣義的應制詩裏，是地地道道的「奉命文學」。一般來講，「奉命文學」束縛性靈，限制自由發揮，很難產生傑作，通常能寫得堂皇富麗或者工穩切題就算不錯了。唐代帝王及皇室貴族嗜詩能詩的比比皆是，往往自己先作一首，再令臣下和作。這就有了奉和應制詩，如王維《奉和聖製從蓬萊向興慶閣道中留春雨中春望之作應制》。沈佺期、宋之問所作《奉和晦日幸昆明池應制》二首，是這類詩中較為突出的，也只是巧妙地組織有關昆明池、

晬日的典故，敷以詞采，加上頌聖之意曲終奏雅而已。總的來說，應制詩雖然缺乏深刻新穎的思想內容，卻很能考驗詩人才思敏捷的程度和隨機應變的能力。

　　姑以上文提到的王維那首奉和應制詩為例，說明這類詩四平八穩的特點：

渭水自縈秦塞曲，黃山舊繞漢宮斜。
鑾輿迥出千門柳，閣道回看上苑花。
雲裏帝城雙鳳闕，雨中春樹萬人家。
為乘陽氣行時令，不是宸遊重物華。

十一
憐渠直道當時語，不著心源傍古人
——唐詩的風格特徵

憐渠直道當時語，

不著心源傍古人。

——元稹《酬孝甫見贈十首》之二

蘇軾《題西林壁》詩云：「橫看成嶺側成峰，遠近高低各不同。」這兩句詩正可以借用來形容唐詩風格的絢麗多姿。

高適、岑參的雄奇奔放，王維、孟浩然的沖淡平

和，李白的飄逸豪爽，杜甫的沉鬱頓挫，韓愈的奇崛險勁，李賀的奇幻幽微，賈島、孟郊的寒瘦，元稹、白居易的通俗，劉禹錫的清俊，柳宗元的峭拔，杜牧的俊爽，李商隱的幽隱深美，溫庭筠的穠麗繁密——這是詩人之間的差異。

初唐詩人猶未盡脫齊梁綺靡豔麗之習，呈現出過渡階段的特徵，表現出為奠定新的詩歌精神和時代風格的努力。盛唐詩的神韻高華豐贍。「清水出芙蓉，天然去雕飾」（李白《經亂離後天恩流夜郎憶舊遊書懷寄江夏韋太守良宰》），其風格美純出於天然，罕見人工斧鑿的痕跡。「痛飲狂歌空度日，飛揚跋扈為誰雄」（杜甫《贈李白》），這是典型的盛唐人的氣勢。中唐詩無論疏淡、奇險，或寒瘦、輕豔，都是藝術上追求新變的結果，在精神飽滿、音調高亢、純任天然方面已遜盛唐一籌。晚唐詩人規模更小，格局更狹，氣骨更弱，時見縮減衰弱的末世之音——這是時代風格的差異。

離別詩深情綿邈，閨怨詩幽怨纏綿，諷刺詩鋒芒畢露，詠史詩意新論奇，應制詩富麗堂皇，宮怨詩流麗明快——這是題材類別之間的差異。

古體、樂府素樸平實，七言歌行放達清暢，長律鋪陳排比，委曲婉轉，律體結構謹嚴，偏於莊嚴華貴，絕句明麗輕快，比較自由活潑——這是體裁之間的差異。

　　唐詩風格特徵因人而異，因時有異，因題材而異，因體格而異，說明了唐代詩人旺盛的創造力，說明唐詩的發展流變三百年中從未間斷廢止，說明內容與形式之間應該也必須作相應的調適，選擇最佳的搭配，才能進入最佳競技狀態，發揮出高水準。所有這些，都是唐詩風格美的多樣性、豐富性的體現，都是唐詩繁榮的表現，也正是唐詩風格繁榮的表現。

　　那麼，在這些多樣化的豐富的唐詩風格美範疇中，能不能概括或抽象出一個對唐詩總體風格特徵的描述呢？換句話說，作為唐代的代表文學，唐詩是否具有其他時代詩歌所沒有的特殊的風格魅力呢？

　　答案是肯定的。

　　我們知道，唐詩是在總結綜合漢魏六朝詩歌（傳統所謂八代詩歌）藝術的基礎上發展起來的，對宋以後古典詩史的進程又有極為廣泛深遠的影響。正如《唐詩學引論》中說的，「它一手伸向過去，一手又指向未來。或者另打個比方，它是站在整個山群的制高點上，背後的千岩萬壑向它攢集，而眼前的眾支各派又由它分出」。盛唐詩人取法漢魏，提倡風骨興寄，但他們的詩作並不是漢魏詩歌的簡單複製或者照搬。他們吸收了漢魏詩人的酣暢激情，繼承了漢魏詩歌的現實精神，以火熱的心、以高妙的筆去謳歌大自然，描繪大千世界，反映社會，

參預政治，刻畫人生。盛唐氣象中的玲瓏清華、豐神高韻、明朗色彩、高揚格調，都與漢魏詩歌有所區別。唐代眾多詩人所表現的鮮明的藝術個性為前代詩歌所不及。唐代詩歌的社會化與生活化之程度，也是此前其他時代所難以企及的。作為近體詩的聲韻格律的藍本的南朝新體詩，與其圓融成熟期的完美多姿相比，不用說有椎輪比大輅的感覺。

唐詩與先唐詩歌的不同是顯著的，這意味着唐詩標誌着中國古典詩歌發展的一個新階段。但一般談到唐詩的總體風格特徵，即唐詩的特質時，總喜歡把唐宋詩放在一起比較，因為宋詩是中國詩史上另一個重要而且繁榮的發展階段，而且緊接在唐詩之後，與唐詩具有特別鮮明的相對性、可比性。把唐宋詩放在一起來看，如同把唐詩置於高效顯影劑中，原先還有些模糊的形象特徵頓時突出了。

關於唐宋詩不同的風格特徵，繆鉞先生在《論宋詩》中有過精闢的論說，今引錄如下：

唐詩以韻勝，故渾雅，而貴醞藉空靈；宋詩以意勝，故精能，而貴深折透闢。唐詩之美在情辭，故豐腴；宋詩之美在氣骨，故瘦勁。唐詩如芍藥海棠，穠華繁采；宋詩如寒梅秋菊，幽韻冷香。唐詩如啖荔枝，一顆入口，

則芳甘盈頰；宋詩如食橄欖，初覺生澀，而回味雋永。
譬諸修園林，唐詩則如疊石鑿池，築亭關館；宋詩則如
亭館之中，飾以綺疏雕檻，水石之側，植以異卉名葩。
譬諸遊山水，唐詩則如高峰遠望，意氣浩然；宋詩則如
曲澗尋幽，情境冷峭。唐詩之弊為膚廓平滑，宋詩之弊
為生澀枯淡。雖唐詩之中，亦有下開宋派者，宋詩之中，
亦有酷肖唐人者。

　　就內容論，宋詩較唐詩更為廣闊；就技巧論，宋詩
較唐詩更為精細。然此中實各有利弊，故宋詩非能勝於
唐詩，僅異於唐而已。……故宋詩內容雖增擴，而情味
則不及唐人之醇厚。……蓋唐人尚天人相半，在有意無
意之間，宋人則純出於有意，欲以人巧奪天工矣。

　　這裏用了許多形象的比喻，形容唐宋詩的不同風格
特徵。總而言之，唐詩主神韻，宋詩主意理；唐詩多以
豐神情韻擅長，宋詩多以筋骨思理見勝；唐詩重天然之
美，宋詩求人工之巧。從這些概括性的描述中，我們得
到一個印象：盛唐詩的風格特徵與唐詩總體的風格特徵
最為接近。儘管我們不能將盛唐詩等同於整個唐詩，更
不能因為盛唐詩而取消初唐、中唐、晚唐詩，但同時也
不能否認盛唐詩確是古典詩歌發展高峰上的高峰，只有
它最有資格代表唐詩。

　　當然，對唐詩總體風格特徵的這種形容與描述也只是簡單的概括，是就一般情況而論，不能過於拘泥。正如錢鍾書先生在《談藝錄》中所說，詩史上的唐詩與宋詩之分野，與其說是朝代的差別，不如說是詩的體格及詩人的天性才分的不同。唐人的詩未必全是「唐詩」，宋人的詩也不完全是「宋詩」，事實上，唐代的杜甫、韓愈、白居易、孟郊等人已是宋詩格調的開風氣者，雖然其側重點各有不同。宋代詩人中，姜夔、宋初九僧、永嘉四靈等人的創作都帶有明顯的「唐音」。錢鍾書先生又說，天性高明的人傾向唐詩，而賦性沉潛的人偏愛宋詩。意氣風發、風華正茂的青少年時代往往喜作唐詩，而飽經滄桑、思慮深遠的暮年詩作則多為宋調。反過來，我們也可以說，唐詩適合於天性高明的人，是青春的歌唱。

　　宋代詩人，包括最典型的「宋詩」詩人王安石、蘇軾、黃庭堅等人，幾乎都無例外地由學習唐詩入手，最終形成了自己的獨特風格。宋初王禹偁等人學白居易，真宗朝西崑詩派學李商隱，仁宗朝歐陽修學韓愈、李白，蘇軾先學劉禹錫、晚年追效李白，王安石、黃庭堅學杜甫，永嘉四靈學賈姚一派等。宋詩從唐詩變化而出，最終自成風貌和格局。它善於學中求變，推陳出新，為後人學習唐詩樹立了榜樣。自成一體的宋詩也因

此成為唐詩的參照物或對立體，在後代詩歌史上引發了
唐宋詩之爭，爭論焦點之一是究竟以何種藝術風格為典
型來指導創作和批評。在主張學唐詩的一派中，又有學
盛唐抑或學中晚唐，學杜、韓、三李（李白、李賀、李
商隱）還是學賈、姚或郊、島的種種分歧。這些內容屬
於唐詩學術史的自然延伸，但對這本小書來說，只能視
為題外話而從略了。

肆

詩到元和體變新，晚節漸於詩律細

——唐詩的體裁與格律

詩到元和體變新。

　　　　——白居易《餘思未盡加為六韻重寄
　　　　微之》

晚節漸於詩律細。

　　　　——杜甫《遣悶戲呈路十九曹長》

　　唐詩體裁主要是古體詩和近體詩兩類。古體詩又名
古詩、古風、往體詩，其中也包括樂府詩、歌行體。按每
句字數多少，亦可分為五言古詩（五古）、七言古詩（七
古）和雜言古詩等。近體詩又稱今體詩，包括律詩和絕

句兩大類。律詩中又分五言律詩（五律）、七言律詩（七律）。篇幅超過四聯八句的叫長律，亦稱排律。絕句又有五言絕句（五絕）、七言絕句（七絕）之分別。六言的近體詩也有，但比較罕見。雜體詩是從古近體詩中蛻化出來的各種變體詩，形式特殊，雖然不是唐詩的主要樣式，也算萬花園中的一枝奇葩，值得花些筆墨略作點染。

詩體中所謂古今，是就唐代而言的。古體詩產生於唐以前，對唐人來說是一種古代的詩體。近體詩（今體詩）則定型於唐代，是近世（今代）的詩體。近體詩在字數、句數、和聲、諧韻、粘對等方面都有嚴格規定，這種格律詩是唐以後古典詩史最重要的樣式之一。相對於近體詩來說，古體詩是自由的，既不要求粘對，和聲諧韻方面要求也不嚴。在唐代，古近體詩彼此間相互影響，於是有所謂「入律古風」和風格古拙的律詩。「入律古風」即古體詩遵循近體詩的某些格律，整體或片斷地體現近體詩的某些藝術特徵，如平仄諧調、粘對等。而近體詩為追求古拙，也有意創用一些不合律的拗折句式，如使用古風中的三平調（句尾連用三個平聲字）。終唐一代，古體詩和近體詩的勢力互有消長，但彼此之間的影響從未間斷過。

每個體裁都有自己特殊的藝術性格。如果說表現在句式、字數、聲韻、偶對等方面的只是表面的外形的

差別，那麼，這種風格特性的差異便是內在的、精神上的。這就是所謂體裁個性或者體裁特性（簡稱「體性」）的不同。每個體裁都有特定的藝術表現傾向和活動空間，但這類限定並不絕對化，而是有一定的迴旋餘地，在美學上也有一定的伸縮尺度。敢於創新的詩人往往憑藉這些有限的條件進行無限的開拓，使體裁內涵更加豐富。

體性的不同，可以從不同角度、不同側面進行觀察。從古近體詩的差別來看，古體詩偏於樸實勁質，近體詩偏於婉麗妍美。從五七言詩的差別來看，五言詩較易質實，七言詩較易雅麗。五言古詩素樸天然，色彩比較清淡，適宜於表現平澈閑雅的境界；七言古詩豪爽激蕩，色彩比較濃烈，適宜於揮灑狂歌浩歡的情懷。從律絕的差異來看，律詩一般傾向於凝重中見流動的美，風格以頓挫清壯為主；絕句大多數取徑婉曲，而又自然含蓄，情調以博約溫潤為主。當然，對這類差異也不能作膠柱鼓瑟的理解，否則難免誤入歧途。

以下扼要介紹唐詩的主要體裁及其格律形式，着重談談近體詩的格律。作為準備，先簡要介紹一下唐代的詩韻。

隋代陸法言所著《切韻》，共分 193 韻（宋初修《廣韻》，才在此基礎上增廣為 206 韻）。唐人嫌其過於繁雜

零碎，又規定相鄰的韻部可以通押。至南宋時，平水（今山西絳縣）人劉淵編成《壬子新刊禮部韻略》，將通押的韻部合併，變成 107 韻。後人又減併掉一個韻部，這就是通常所謂「平水韻」（一說得名於金代平水人王文郁《平水新刊禮部韻略》）。唐代以來的古體詩和近體詩，實際上就是遵用這種詩韻體系。平水韻 106 部細目如下：

上平聲 15 部：一東　二冬　三江　四支　五微　六魚　七虞　八齊　九佳　十灰　十一真　十二文　十三元　十四寒　十五刪

下平聲 15 部：一先　二蕭　三肴　四豪　五歌　六麻　七陽　八庚　九青　十蒸　十一尤　十二侵　十三覃　十四鹽　十五咸

上聲 29 部：一董　二腫　三講　四紙　五尾　六語　七麌　八薺　九蟹　十賄　十一軫　十二吻　十三阮　十四旱　十五潸　十六銑　十七篠　十八巧　十九皓　二十哿　二十一馬　二十二養　二十三梗　二十四迥　二十五有　二十六寢　二十七感　二十八儉　二十九豏

去聲 30 部：一送　二宋　三絳　四寘　五未　六御　七遇　八霽　九泰　十卦　十一隊　十二震　十三問　十四願　十五翰　十六諫　十七霰　十八

嘯　十九效　二十號　二十一箇　二十二禡
二十三漾　二十四敬　二十五徑　二十六宥
二十七沁　二十八勘　二十九豔　三十陷
入聲 17 部：一屋　二沃　三覺　四質　五物　六月　七曷
八黠　九屑　十藥　十一陌　十二錫　十三職
十四緝　十五合　十六葉　十七洽

平聲韻共有三十部，每一部所包含的韻字也比較多，故一般韻書中又分為上平、下平（相當於平聲一、平聲二）兩部分。上平與下平只是排序有別，與音韻類別沒有關係，更與現代漢語中的陰平、陽平毫不相干。「一東」的「一」是韻部的序號，「東」是取該韻部中的一個字作為韻部的名稱。至於各部具體包含哪些字，古代韻書及現代講詩詞格律的書裏一般都有附錄，這裏不復羅列。平聲包括上平聲和下平聲共 30 部，仄韻則包括上、去、入三聲，計 76 部。值得注意的是，由於古今字音不同，古韻按今音讀不免困惑或扞格難通。例如一東二冬今韻完全一樣，在古代卻截然分開。入聲字今天在普通話中亦已消失，只在某些方言中尚有遺存。原讀入聲的字在普通話中讀平聲、上聲或去聲，如果不了解這一點，最易滋生誤解，因此必須細加辨識。這是了解古近體詩和閱讀古代詩歌的基本知識。

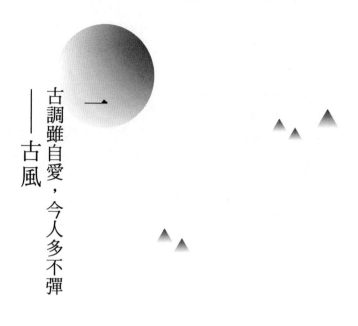

一

古調雖自愛，今人多不彈

——古風

古調雖自愛，

今人多不彈。

—— 劉長卿《聽彈琴》

　　古體詩用韻比近體詩自由，可以押平聲韻，也可以押仄聲韻，但一般不同聲調的韻不能通押。可以只押一個韻部，也可以相鄰的幾個韻部通押。根據王力先生的意見，古體詩韻部大致分為 23 類。其中平上去三聲15 類：

　　1．平聲：東、冬。

　　　　上聲：董、腫。

　　　　去聲：送、宋。

2・平聲：江、陽。

　　　　上聲：講、養。

　　　　去聲：絳、漾。

3・平聲：支、微、齊。

　　　　上聲：紙、尾、薺。

　　　　去聲：寘、未、霽。

4・平聲：魚、虞。

　　　　上聲：語、麌。

　　　　去聲：御、遇。

5・平聲：佳、灰。

　　　　上聲：蟹、賄。

　　　　去聲：泰、卦、隊。

6・平聲：真、文、元（半）。

　　　　上聲：軫、吻、阮（半）。

　　　　去聲：震、問、願（半）。

7・平聲：寒、刪、先、元（半）。

　　　　上聲：旱、潸、銑、阮（半）。

　　　　去聲：翰、諫、霰、願（半）。

8・平聲：蕭、肴、豪。

　　　　上聲：篠、巧、皓。

　　　去聲：嘯、效、號。

9・平聲：歌。

　　上聲：哿。

　　去聲：箇。

10・平聲：麻。

　　　上聲：馬。

　　　去聲：禡。

11・平聲：庚、青。

　　　上聲：梗、迥。

　　　去聲：敬、徑。

12・平聲：蒸。

13・平聲：尤。

　　　上聲：有。

　　　去聲：宥。

14・平聲：侵。

　　　上聲：寢。

　　　去聲：沁。

15・平聲：覃、鹽、咸。

　　　上聲：感、儉、豏。

　　　去聲：勘、豔、陷。

元、阮、願三部韻字分屬6、7兩類，6、7兩類同一聲調

的韻部可以通押。入聲韻部分作 8 類：

1．屋、沃。
2．覺、藥。
3．質、物、月（半）。
4．曷、黠、屑、月（半）。
5．陌、錫。
6．職。
7．緝。
8．合、葉、洽。

月部分屬 3、4 兩類，3、4 兩類韻部亦可通押。

　　古體詩用韻比較自由還表現在它可以句句用韻，一韻到底，也可以多次轉韻，次數不限。句句押平聲韻，一韻到底，這種格式在古體詩中有個特定的名稱 —— 柏梁體。它得名於漢武帝與群臣在柏梁臺上聯句賦詩句句用韻的歷史故事。唐代柏梁體古詩以杜甫《飲中八仙歌》最為著名：

知章騎馬似乘船，眼花落井水底眠。
汝陽三斗始朝天，道逢曲車口流涎，恨不移封向酒泉。
左相日興費萬錢，飲如長鯨吸百川，銜杯樂聖稱避賢。

宗之瀟灑美少年，舉觴白眼望青天，皎如玉樹臨風前。
蘇晉長齋繡佛前，醉中往往愛逃禪。
李白一斗詩百篇，長安市上酒家眠。天子呼來不上船，
自稱臣是酒中仙。
張旭三杯草聖傳，脫帽露頂王公前，揮毫落紙如雲煙。
焦遂五斗方卓然，高談雄辯驚四筵。

這首詩描寫飲中八仙的醉態，活靈活現，各具特色；又
句句用平聲「先」韻，一韻到底。作為韻腳的「船」、
「天」、「眠」三字兩用，「前」字三見，不避重複，這也
是古體詩用韻的特點之一。

　　古體詩換韻的頻率因人因詩而異，短則二句，長則
十幾句，無一定之規。雖然古體詩不限定每次換韻的空
間間隔，也不要求換韻時平仄韻部相間使用，仍然有不
少詩人有意識地這麼做，使古體詩增加了一種人為劃一
的形式美。也許這是詩人有意無意中接受了近體詩格律
潛移默化的影響。如前文已舉的岑參《走馬川行奉送出
師西征》。全詩每隔三句一換韻，一至三句押平聲「先」
韻，四至六句押上聲「有」韻，七至九句平聲「支」、
「微」兩部通押，十至十二四句押入聲「曷」韻，十三至
十五句押平聲「蒸」韻，十六至十八句押入聲「葉」韻，
平韻仄韻正好交叉相間，六次換韻無一例外。高適《燕

歌行》和岑參《白雪歌》也是平仄韻遞押。杜甫《石壕吏》則是平仄韻兩兩相間。

在平仄和對仗方面，古體詩本無硬性規定，從理論上說是絕對自由的。但是在創作中，詩人為了使古體詩的特徵更其突出，有意無意地多用拗句，使其平仄格式與近體詩有盡可能顯著的區別。其中一些做法世代相沿，久而久之成為傳統的一部分。如在押韻句的句尾連用三個平聲字，造成所謂「三平調」，這個被稱為近體詩大忌的格式在古體詩的園地裏卻備受青睞。例如，祖詠《田家即事》中的「引水開泉源」，王維《渭川田家》中的「窮巷牛羊歸」，就都用了三平調的句式。而一些詩人為了追求高古的詩風，甚至有意在近體詩中使用這類古體詩的句式，則顯示了古體詩的勢力和影響。

古體詩不需要對仗，自然更談不上粘對。上一聯下句的平仄與下一聯上句關鍵字的平仄格式相同為粘；同一聯的上下句即出句與對句之關鍵字的平仄格式相反為對。古體詩的對仗既然不是詩體所規定，那就可以隨意偶對，而無近體詩對仗的諸多避忌，如講究平仄、一般同字不相對等等。

古體詩實際上是一個大的體裁類別。其中五言古詩的體性一般比較澄澈凝練，如杜甫《望岳》，孟浩然《秋登萬山寄張五》、《夏日南亭懷辛大》，韋應物《寄全椒

山中道士》。七言古詩的體性一般比較奔放暢達，宜於揮灑激情，如李白《金陵酒肆留別》、《江上吟》，杜甫《丹青引贈曹將軍霸》。雜言古詩長短不拘，比較自由，適於傳達跌宕起伏大起大落的情感波浪。這種詩體李白最得心應手。他寫過《梁甫吟》、《將進酒》、《蜀道難》、《夢遊天姥吟留別》等名篇。由於雜言古詩多以七言句式為主，所以歷代選家和詩評家往往將其直接歸屬七古或七言歌行，而不另標一類。大名鼎鼎的《唐詩三百首》就是這樣做的。以下舉五言古詩二首，七言古詩和雜言古詩各一首為例：

岱宗夫如何？齊魯青未了。造化鍾神秀，陰陽割昏曉。
蕩胸生層雲，決眥入歸鳥。會當凌絕頂，一覽眾山小。
　　　　　　　　　　——杜甫《望嶽》

北山白雲裏，隱者自怡悅。相望始登高，心隨雁飛滅。
愁因薄暮起，興是清秋發。時見歸村人，平沙渡頭歇。
天邊樹若薺，江畔洲如月。何當載酒來，共醉重陽節。
　　　　　　　　——孟浩然《秋登萬山寄張五》

金陵夜寂涼風發，獨上高樓望吳越。
白雲映水搖空城，白露垂珠滴秋月。

月下沉吟久不歸，古來相接眼中稀。

解道澄江淨如練，令人長憶謝玄暉。

　　　　　　　——李白《金陵城西樓月下吟》

君不見黃河之水天上來，奔流到海不復回。君不見高堂明鏡悲白髮，朝如青絲暮成雪。人生得意須盡歡，莫使金樽空對月。天生我材必有用，千金散盡還復來。烹羊宰牛且為樂，會須一飲三百杯。岑夫子，丹丘生，將進酒，杯莫停。與君歌一曲，請君為我傾耳聽。鐘鼓饌玉不足貴，但願長醉不復醒。古來聖賢皆寂寞，惟有飲者留其名。陳王昔時宴平樂，斗酒十千恣歡謔。主人何為言少錢，徑須沽取對君酌。五花馬，千金裘，呼兒將出換美酒，與爾同銷萬古愁。

　　　　　　　——李白《將進酒》

　　這裏的兩首五古一押上聲韻，一押入聲韻。七古則先押仄韻，後轉平聲韻。《望岳》、《金陵西樓月下吟》外形上都是整齊的八句，近似律詩，但其聲韻格調卻是古體詩。《將進酒》是雜言體，詩中有三言、五言、七言、十言諸種句式，多次轉韻，不拘一格，成功地宣洩了詩人心中鬱勃狂放、洶湧澎湃的激情。

　　初唐五古沿襲六朝，至陳子昂始革新六朝的采麗競

繁，恢復漢魏的古樸渾厚，開五古古雅的一派。陳子昂
《感遇》對張九齡《感遇》、李白《古風》有顯著影響。
盛唐時代王維、孟浩然、儲光羲的五古清淡閑雅，中唐
韋應物、柳宗元等人的五古基本上是走這一道路的。杜
甫對五古的內容和形式都作了大力開拓，擴大了表現功
能，豐富了表現手段。其五古長篇《自京赴奉先縣詠懷
五百字》和《北征》，五古聯章詩如《前出塞》九首等，
亦是五古登峰造極之作。隨後元結、元稹、白居易、韓
愈、孟郊等人續有拓展。但總的看來，唐代古體詩從元
和以後就逐漸衰落了，五古七古都是如此，而近體詩尤
其律詩成為人們關注的熱點。

七言古詩在唐初逐漸擺脫南朝七言古詩纖細萎靡
的詩風，以適應恢宏壯闊的時代氣象。大抵說來，唐代
七言古詩的發展經歷了三個階段，而都有顯著的歌行特
徵。初唐四傑在七古中借鑒辭賦的表現手段和六朝文學
的辭采，鋪張排比，氣勢逐漸酣暢，意境漸趨開闊，情
調漸趨深沉。王勃《滕王閣詩》、盧照鄰《長安古意》、
駱賓王《帝京篇》是這一時期的代表作。其後，李嶠、
宋之問、劉希夷、張若虛、張說、郭震在四傑的基礎上
進一步淘洗鉛華，致力於開拓詩境，詩風卻變得清空疏
朗。劉希夷《代悲白頭翁》和張若虛《春江花月夜》是
這一時期七言古詩中最為人傳誦的兩篇。這是第一階

段。開元天寶時代，七言古詩在盛唐詩人的共同努力下，提高到一個新層次。高適、岑參、王維、李頎、崔顥以及李白、杜甫都是寫七古的高手。他們取徑廣闊，博採眾長，轉益多師，後出轉精。他們的七言歌行在章法、節奏、音韻方面又吸收了近體詩的藝術經驗和長處，酣暢淋漓，縱橫跌宕，氣象雄闊，獨領風騷。這是第二階段。中晚唐時代，七古在體制上排除近體聲律的同化吸引，在藝術上引進散文的技巧和表現手段，在題材上再度擴張，並突出強化了委婉敍事的功能。韓愈《山石》、《謁衡嶽廟遂宿嶽寺題門樓》都是以散文筆法記遊的詩。白居易《長恨歌》、《琵琶行》，元稹《連昌宮詞》和晚唐鄭嵎《津陽門詩》、韋莊《秦婦吟》，都婉轉曲折地敍述了一個完整的故事，人物形象鮮明，語言生動，其中對世態人情的描寫以及鋪敍抒情的段落都十分精彩，感人至深。這方面的藝術創新可以說取得了很大的成功。遺憾的是，晚唐詩人大多氣格卑下，筆力纖弱，缺乏熟練地駕馭這類題材與這種表現手法的本領，所以沒有湧現更多的傳世佳作。七言古詩在晚唐的衰微在所難免。

　　歌和行在漢代都是樂曲名。詩篇題名為歌或行，正如命題為引、曲、謠、辭、篇、弄、詠、吟、唱、歎、怨等一樣，都是着重詩與音樂的關係，突出詩篇作

為歌辭唱歎怨訴的原始身份及其作用。它們統屬於樂府詩的範疇。後來，樂府詩逐漸擺脫了與音樂的聯繫，成為古體詩的一個特殊門類。歌行也由樂曲名稱變成詩體名稱，指那些節奏明快、格式不拘、富有歌詠唱歎意味的七言古詩。因此，唐代七言歌行、樂府、七言古詩這三個概念在很大程度上是重疊交叉的，只是着眼點有所不同。

樂府本來是漢武帝時設立的音樂官署，負責採集民間歌謠，配樂歌唱。後人也用樂府來稱這個官署採集來的民間歌詩和從六朝直到唐代文人們借用樂府舊譜所填寫的新辭或仿效樂府古題所創作的詩歌。唐代樂府舊譜失傳，樂府詩的寫作突破了舊譜和舊題的限制，不被聲律，只在精神上繼承發揚了漢樂府「感於哀樂，緣事而發」，「觀風俗，知厚薄」（班固《漢書‧藝文志》）的現實主義文學傳統。

從命題上說，唐代樂府詩有古題和新題兩大類。樂府古題亦即擬古樂府，借用漢魏以下陳隋以上的樂府舊題以描寫當代情事，如王勃《臨高臺》、李頎《古從軍行》、王維《隴西行》等。李白集中擬古樂府尤多，成就最高，如《長干行》、《遠別離》、《蜀道難》等，但其面目卻煥然一新，思想內涵亦更廣闊深沉。中唐時代熱衷寫作新樂府的元稹、張籍、王建等人並未棄置古題樂府

於不顧。唐人吳兢編撰了《樂府古題要解》上下卷，解釋樂府古題的命名緣起，顯示了樂府古題在唐代仍有強大的生命力。

樂府新題亦即新樂府。初唐時代，長孫無忌、劉希夷等人不滿足於擬古樂府，間或創用新題。至盛唐，杜甫創作了《兵車行》、《麗人行》、《貧交行》、《悲陳陶》、《哀江頭》等名作，「即事名篇，無復依傍」（元稹《樂府古題序》），以新題樂府寫時事乃成為一種自覺行為，這是中唐新樂府運動的先導。中唐李紳作《新題樂府》20首，元稹和作 20 首，正式使用了新題樂府這一名稱。其後，白居易又作《新樂府》50 首，影響廣遠，樂府新題因而定名為新樂府。與古題樂府相比，新（題）樂府雖然更換了命題，其內在的直刺時弊、有所諷諫的精神實質卻絲毫不變，在某些方面甚至有所強化。樂府新舊題連袂並舉，相映生輝。它們融合了漢魏風骨和齊梁綺麗，在藝術表現的深度和廣度上超越了前代樂府詩，從而豐富了唐詩的內涵。

二 ——絕句

清水出芙蓉，天然去雕飾

清水出芙蓉，

天然去雕飾。

—— 李白《經亂離後天恩流夜郎憶舊遊
書懷寄江夏韋太守良宰》

絕句中又可分為律絕和古絕兩種。一般情況下，絕
句即指律絕。律絕和律詩都屬近體詩，按格律，它們在
每篇的句數、每句的字數以及平仄粘對方面都有一定的
講究。依照韻書的韻部押韻並且限用平聲韻腳，是律絕
和律詩的共同要求。律絕每首四句，僅為律詩的一半，
所以又稱「小律詩」、「半律詩」，而實際上，二者的格

式有許多不同。

絕句中，五言絕句和七言絕句最為常見。六言絕句偶有人作，但佳製寥寥無幾，不能與五七絕同日而語，這裏且存而不論。

五絕的平仄格式有如下四種：

A‧首句仄起不入韻式（黑圈內字表示可平可仄，下標△為韻腳，下同）：

Ⓧ仄平平仄，平平仄仄平。
Ⓟ平平仄仄，Ⓧ仄仄平平。

例如初唐韋承慶《南中詠雁》（一作于季子詩）：

萬里人南去，三秋雁北飛。
不知何歲月，得與爾同歸。

B‧首句仄起入韻式：

Ⓧ仄仄平平，平平仄仄平。
Ⓟ平平仄仄，Ⓧ仄仄平平。

例如崔國輔《小長干曲》：

月暗送潮風，相尋路不通。

菱歌唱不輟，知在此塘中。

　　C・首句平起不入韻式：
　　平平平仄仄，仄仄仄平平。
　　仄仄平平仄，平平仄仄平。

　　例如李端《聽箏》：

鳴箏金粟柱，素手玉房前。
欲得周郎顧，時時誤拂弦。

　　D・首句平起入韻式：
　　平平仄仄平，仄仄仄平平。
　　仄仄平平仄，平平仄仄平。

　　例如晚唐一個不大知名的詩人武瓘所作《感事》（一作于濆《對花》）：

花開蝶滿枝，花謝蝶還稀。
唯有舊巢燕，主人貧亦歸。

　　實際上，這四種格式可以歸併為平起（CD）仄起

（AB）兩類。A、C兩式，詩的第二、四句押韻，B、D兩式，詩的一、二、四句押韻。一般說來，五絕首句仄起不入韻的很多，亦即A式最常見，其次為B式、C式，D式較少見。

七絕亦有四種平仄的格式：

A・首句平起入韻式：

平平仄仄仄平平，仄仄平平仄仄平。
仄仄平平平仄仄，平平仄仄仄平平。

例如盛唐劉方平《月夜》：

更深月色半人家，北斗闌干南斗斜。
今夜偏知春氣暖，蟲聲新透綠窗紗。

B・首句平起不入韻式：

平平仄仄平平仄，仄仄平平仄仄平。
仄仄平平平仄仄，平平仄仄仄平平。

例如白居易《邯鄲至除夜思家》：

邯鄲驛裏逢冬至，抱膝燈前影伴身。
想得家中夜深坐，還應說着遠行人。

Ｃ・首句仄起入韻式：

⊙仄平平仄仄平，⊙平⊙仄仄平平。
⊙平⊙仄平平仄，⊙仄平平仄仄平。

例如柳宗元《酬曹侍御過象縣見寄》：

破額山前碧玉流，騷人遙駐木蘭舟。
春風無限瀟湘意，欲採蘋花不自由。

Ｄ・首句仄起不入韻式：

⊙仄⊙平平仄仄，⊙平⊙仄仄平平。
⊙平⊙仄平平仄，⊙仄平平仄仄平。

例如賈島《三月晦日贈劉評事》：

三月正當三十日，風光別我苦吟身。
與君今夜不須睡，未到曉鐘猶是春。

這四種格式實際上也只有平起（ＡＢ）、仄起（ＣＤ）兩類。Ａ、Ｃ兩式，詩的第一、二、四句押韻；Ｂ、Ｄ兩式，第二、四句押韻。一般來說，七絕首句平起入韻的較多，亦即Ａ式最為常見，其次為Ｃ式、Ｂ式、Ｄ式。

　　把五七絕的這八種格式放在一起對照觀察，很容易看出五絕的四種格式與七絕的四種格式之間存在着相似性和對應性。七言平起式相當於五言仄起式，七言仄起式相當於五言平起式。換句話說，五絕每句有三個音步（音節停頓單位），而七絕有四個音步，只要在五言句中增加一個音步，就成了七言句。比如李嘉祐有兩句五言詩：「水田飛白鷺，夏木囀黃鸝。」王維寫《積雨輞川莊作》時，就將其點化為「漠漠水田飛白鷺，陰陰夏木囀黃鸝」。假如這四句詩恰好都在篇首，那麼，一個就是五言平起式，另一個則是七言仄起式。事實上，七絕的四種格式都可以從五絕的四種格式中推演出來。七律和五律之間也有這種關係。

　　律絕講究粘對。在同一聯中，上句（亦稱出句）與下句（亦稱對句）——比如第一句與第二句、第三句與第四句——關鍵字的平仄格式正好相反，稱之為「對」。上一聯的下句與下一聯的上句（比如第二句與第三句）的關鍵字平仄格式一致，稱之為「粘」。律絕要遵守粘對律，否則就是失對、失粘。如果中間有二句失粘，即使詩意不斷，從音律上講，詩的整體也像被攔腰折斷了一樣，在詩律學中稱此種詩為「折腰體」。王維那首膾炙人口的《渭城曲》就是一篇折腰體絕句。第二句「客舍青青柳色新」（仄仄平平仄仄平）與第三句「勸君更盡一杯

酒」（仄平仄仄仄平仄）失粘。

律絕用韻嚴格依照韻部，不得出韻。但晚唐以後，逐漸形成了首句可以借用鄰韻的用韻傳統。因為首句是否入韻本來就無一定，於全詩聲韻效果妨礙不大，所以可以另眼相待。在詩律學上，這一現象被形象地命名為「孤雁出群格」。當然，這隻孤雁並沒有飛離群體很遠。

律絕和律詩一樣要避免犯孤平，即五言「平平仄仄平」句型的第一字和七言「仄仄平平仄仄平」句型的第三字規定要用平聲，否則就犯了孤平，意即除了韻腳外全句只有一個平聲，過於孤單。犯孤平的句子是拗句的一種，要補救。其方法有多種，有點繁瑣，這裏不一一展開。需要提醒的是，孤平是專指五七言的上述這兩種句型而言，對其他句型中不依常規的平仄格式不能濫用這個術語。

律詩首尾兩聯不對，中間兩聯四句必須用對仗，而絕句在對仗方面比較靈活多樣。大多數通篇不用對仗，好像截取了律詩的首尾兩聯。如郭震《蛩》：

愁殺離家未達人，一聲聲到秋前聞。
苦吟莫向朱門裏，滿耳笙歌不聽君。

有的首聯對仗，尾聯不對，好像截取了律詩的後半

截。如杜甫《八陣圖》：

功蓋三分國，名成八陣圖。
江流石不轉，遺恨失吞吳。

有的尾聯對仗，首聯不對，好像截取了律詩的前半截。如李白《上皇西巡南京歌》十首之四：

誰道君王行路難？六龍西幸萬人歡。
地轉錦江成渭水，天迴玉壘作長安。

有的通篇對仗，好像截取了律詩的中間四句。如杜甫《絕句四首》中的第三首：

兩個黃鸝鳴翠柳，一行白鷺上青天。
窗含西嶺千秋雪，門泊東吳萬里船。

絕句形式淵源於漢魏晉南北朝歌謠，其名稱大致起於南朝，最初是相對於連句（聯句）而言的，如果聯而不成，就有截句、斷句或絕詩的稱法。有人受「截」、「斷」二字影響，以為絕句就是截取律詩的一半而構成，單純從格律形式上看，這似乎不無道理，若從絕句的淵

源及其發展的歷史來看，則根本不是那麼一回事。

唐代古樂府早已不入樂歌唱，唐人創作的絕句（尤其七絕）卻常常作為歌詞配樂歌唱，正如本書第一部分引述的旗亭畫壁的故事所昭示的。因為這一特殊用途，絕句又有了唐人樂府的美稱。

古絕與律絕相對，它實際上是形式最為短小的一種古體詩。古絕可以押仄聲韻，可以不用律句，平仄粘對等方面也沒有那麼嚴格的規定，但一般來說，一句之內與兩聯之間的平仄基本上還是相間相復的。下面舉平聲韻與仄聲韻的古絕各一首：

牀前明月光，疑是地上霜。
舉頭望明月，低頭思故鄉。
　　　　　── 李白《靜夜思》

洞房昨夜春風起，遙憶美人湘江水。
枕上片時春夢中，行盡江南數千里。
　　　　　── 岑參《春夢》

在古絕和律絕之間還有一種拗體絕句，它既不完全合律，又非毫不合律，可以視為律絕的變體。

晚唐五代詩人劉昭禹曾說，一首五言律詩要像四十

個賢人，個個精當，字字恰到好處，不能摻雜一個屠夫、商販進來，否則便破壞了整體諧調美。其實，寫作全篇僅二十字的五絕與僅二十八字的七絕又何嘗不是如此！絕句篇幅短小，既不能鋪陳排比，也沒有洶湧澎湃的氣勢，不能勝任對波瀾壯闊的社會生活、林林總總的人生百態作委曲詳盡的描摹反映。這同時也在藝術上對詩人提出了更高的要求。他們必須捕捉日常生活中最精彩的一幕、漫長時間中最動人的一瞬，選用最精粹的語言，對題材作最大限度的概括提煉，對意境作最深刻的開掘，因小見大，以一當十，以少勝多，除此之外別無選擇。正如沈祖棻先生指出的，絕句在創作中「必須比篇幅較長的詩歌更嚴格地選擇其所要表達的內容，攫取其中具有典型意義，能夠從個別中體現一般的片斷來加以表現。因而它所寫的就往往是生活中精彩的場景，強烈的感受，靈魂底層的悸動，事物矛盾的高潮，或者一個風景優美的角落，一個人物突出的鏡頭」（《唐人七絕詩淺釋・引言》）。正是這種特殊的藝術處理方法與表現手段，使絕句詩能夠寓無窮於有限，含不盡之意見於言外，韻味悠永，魅力常新。

　　唐代各個時期的絕句又有不同的歷史特點。初唐絕句數量不多，但風格渾樸自然。形式上雖然未完全律化，卻在眾多詩人的努力下逐漸成熟起來。王勃《山

中》、《蜀中九日》，盧照鄰《曲池荷》，駱賓王《於易水送別》，宋之問《渡漢江》，杜審言《渡湘江》、《贈蘇書記》等都是初唐絕句的佳作。賀知章《回鄉偶書》和王翰《涼州詞》已是盛唐絕句的先聲。

盛唐時代，名家輩出，諸體並盛。絕句一體欣逢盛世，大放異彩。王昌齡、李白、王維、杜甫等人都堪稱絕句創作的藝術大師。他們的作品是後人師法的典範。王昌齡尤工七絕，宮怨和從軍兩類題材最為擅長。他的《從軍行》七首和《長信秋詞》五首，成功地運用了七絕組詩的形式，有組織、有計劃地從多方面表現主題，使短詩同時兼有長篇的優勢。李白則善於以絕句寫贈別、懷古、紀行、覽勝等題材，語言真切自然，風格清新俊逸，長於寫景，與含蓄深婉、長於言情的王昌齡是一時瑜亮。李白絕句構思如天馬行空，遣辭如行雲流水，揮灑自如，不求其工，而自臻高妙。王維的絕句風格，纏綿與爽朗兼而有之，描繪自然景物、融詩情畫意於一體的《輞川絕句》最為人稱道。他的七絕名作如《少年行》組詩、《九月九日憶山東兄弟》、《送元二使安西》（又題《渭城曲》）、《送沈子福歸江東》等，以抒懷寫情見長，顯示詩人才具多方，功力深厚。杜甫絕句獨闢蹊徑，在盛唐別具一格。他從題材到內容，從表現手段到藝術風格，對絕句體作了多方面的開拓。他擴大了絕句的題材

領域，把時事政治、民情風俗、詠史弔古、談藝評文等都納入了絕句的表現範疇，使絕句擁有更廣闊的題材視野。敘事和議論功能的強化，富於理趣的立意，拗峭的語言風格，以詩論詩的藝術形式，都為中晚唐以後的絕句創作開闢了道路。

中唐絕句作者更多，名篇迭出。李益善於描寫邊塞風物與軍旅生活，格調激越而悲壯。劉禹錫從李、杜的絕句創作經驗中得到啟發，又注意學習民歌的語言，他的絕句有哀怨，有諷刺，有議論，有詠懷，都饒有情韻，深於興寄。《竹枝詞》和《楊柳枝》是他和中唐其他詩人喜歡採用的七絕命題，二者都源自民間詩歌。韓愈、孟郊、柳宗元、李賀等人的絕句則刻意求工，講究立意巧妙，構思精嚴，追求峭勁生新的藝術境界，如韓愈《晚春》、柳宗元《江雪》、孟郊《洛橋晚望》、李賀《馬詩》及《南園》兩組詩。與此相反，元稹、白居易等人的絕句描寫世俗生活與人倫情感，力求清淺通俗，他們的誠摯和真切打動了讀者的心。王建《宮詞》100 首開創了大型絕句組詩的先例。中晚唐出現的這一類大型組詩有錢珝《江行無題》100 首、曹唐《小遊仙詩》99 首、羅虬《比紅兒詩》100 首等。

在晚唐絕句中，諷刺與詠史題材的比重大增。杜牧、李商隱、溫庭筠、韓偓、鄭谷、韋莊、羅隱等人均

是晚唐絕句名家。在風格上，或者深婉曲折，如李商隱；
或者清爽俊秀，如杜牧；或者委曲密麗，如韓偓、溫庭
筠；或者犀利明快，如羅隱、杜荀鶴；至於構思立意，
又各顯神通，但也在一定程度上存在求婉曲以致隱晦、
求痛快而致淺露的小疵。

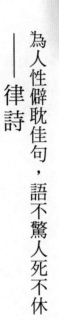

為人性僻耽佳句，語不驚人死不休

── 律詩

三

為人性僻耽佳句，

語不驚人死不休。

　　　　　── 杜甫《江上值水如海勢聊短述》

　　律詩包括五律和七律兩種。六言律詩極為罕見，可略而不論。長律實際上只是在五律或七律的基礎上擴充延長的產物，限定以兩聯的倍數遞增，因此，了解五七律的格律，也就可以明白長律的形式結構。

五律的平仄格式有四種：

A·首句仄起不入韻式：

仄仄平平仄，平平仄仄平。
平平平仄仄，仄仄仄平平。
仄仄平平仄，平平仄仄平。
平平平仄仄，仄仄仄平平。

例如杜甫《春夜喜雨》：

好雨知時節，當春乃發生。
隨風潛入夜，潤物細無聲。
野徑雲俱黑，江船火獨明。
曉看紅濕處，花重錦官城。

B·首句仄起入韻式：

仄仄仄平平，平平仄仄平。
平平平仄仄，仄仄仄平平。
仄仄平平仄，平平仄仄平。
平平平仄仄，仄仄仄平平。

例如李白《塞下曲》之二：

駿馬似風飆，鳴鞭出渭橋。
彎弓辭漢月，插羽破天驕。
陣解星芒盡，營空海霧消。
功成畫麟閣，獨有霍嫖姚。

C・首句平起不入韻式：

平平平仄仄，仄仄仄平平。
△
仄仄平平仄，平平仄仄平。
△
平平平仄仄，仄仄仄平平。
△
仄仄平平仄，平平仄仄平。
△

例如李白《送友人》：

青山橫北郭，白水繞東城。
此地一為別，孤蓬萬里征。
浮雲遊子意，落日故人情。
揮手自茲去，蕭蕭班馬鳴。

D・首句平起入韻式：

平平仄仄平，仄仄仄平平。
仄仄平平仄，平平仄仄平。
平平平仄仄，仄仄仄平平。

⊗仄平平仄，平平仄仄平。

例如李商隱《晚晴》：

深居俯夾城，春去夏猶清。
天意憐幽草，人間重晚晴。
並添高閣迥，微注小窗明。
越鳥巢乾後，歸飛體更輕。

七律的平仄格式也有四種：
A‧首句平起入韻式
平平仄仄仄平平，仄仄平平仄仄平。
仄仄平平平仄仄，平平仄仄仄平平。
平平仄仄平平仄，仄仄平平仄仄平。
仄仄平平平仄仄，平平仄仄仄平平。

例如祖詠《望薊門》：

燕臺一去客心驚，笳鼓喧喧漢將營。
萬里寒光生積雪，三邊曙色動危旌。
沙場烽火侵胡月，海畔雲山擁薊城。
少小雖非投筆吏，論功還欲請長纓。

B・首句平起不入韻式：

平平仄仄平平仄，仄仄平平仄仄平。
仄仄平平平仄仄，平平仄仄仄平平。
平平仄仄平平仄，仄仄平平仄仄平。
仄仄平平平仄仄，平平仄仄仄平平。

例如杜甫《詠懷古跡五首》之一：

支離東北風塵際，飄泊西南天地間。
三峽樓臺淹日月，五溪衣服共雲山。
羯胡事主終無賴，詞客哀時且未還。
庾信平生最蕭瑟，暮年詩賦動江關。

C・首句仄起入韻式：

仄仄平平仄仄平，平平仄仄仄平平。
平平仄仄平平仄，仄仄平平仄仄平。
仄仄平平平仄仄，平平仄仄仄平平。
平平仄仄平平仄，仄仄平平仄仄平。

例如杜甫《曲江》之一：

一片花飛減卻春，風飄萬點正愁人。

且看欲盡花經眼，莫厭傷多酒入唇。
江上小堂巢翡翠，苑邊高塚臥麒麟。
細推物理須行樂，何用浮名絆此身？

　　D‧首句仄起不入韻式：

　仄仄平平平仄仄，平平仄仄仄平平。
　平平仄仄平平仄，仄仄平平仄仄平。
　仄仄平平平仄仄，平平仄仄仄平平。
　平平仄仄平平仄，仄仄平平仄仄平。

　　例如杜甫《閣夜》：

歲暮陰陽催短景，天涯霜雪霽寒宵。
五更鼓角聲悲壯，三峽星河影動搖。
野哭千家聞戰伐，夷歌數處起漁樵。
臥龍躍馬終黃土，人事音書漫寂寥。

　　五律的首句多數不入韻，而七律的首句多數入韻。
在以上諸種平仄格式中，五律以 A 式最常見，七律也是
A 式最常見，其次是 C 式。

　　律詩要嚴格按韻書規定的韻部押韻，而且只能押平
聲韻，除首句可以通用鄰韻（孤雁出群格）之外，其他

韻腳字都不能出韻。

律詩共四聯八句，第一聯稱首聯，第二聯稱頷聯，第三聯稱頸聯，第四聯稱尾聯。每一聯的上句也叫出句，下句也叫對句。除了首聯和尾聯外，中間二聯要求對仗，不僅平仄聲韻兩兩相對，上下兩句的意思也要相對，不能完全相同或基本相同，否則便犯了律詩創作中的一個大忌——合掌。這是因為律詩本來尺幅有限，欲使其佔有最大的藝術空間，就必須推敲鍛煉，詞約義豐。全篇總共八句，卻有兩句意思基本重複，豈非對語言空間的極大浪費？因此，律詩對對仗尤其講究，詩人的藝術功力往往凝聚在中間兩聯的對仗裏。

在長期的藝術實踐中，唐代詩人豐富和發展了多樣化的對仗技巧和經驗，有正名對（又稱正對、的名對，即利用類別相近意義相關的詞相對）、反對（上下兩句意義相反）、異類對（以不同類別語詞相對）、假借對（假借一個詞的另一個義項或另一個諧音字相對）、工對、寬對、逆轉對（上下兩句以倒裝句法成對）、流水對（出句與對句意義連貫順流直下或兩句存在某種句法關聯）等各種講究。此外還有當句對（一句之中前後部分相對）和隔句對（第三句與第一句、第四句與第二句分別相對）、雙聲疊韻對、疊字對等。精巧的對仗，往往使詩作語言凝練概括，上下兩句虛實相生，遠近疊合，前後映

照，彼此襯托，相反相成，取得圓融完美的藝術效果。

　　仔細分析起來，五律的四種平仄格式實際上是由四種基本句型構成，即：A・仄仄平平仄。B・平平仄仄平。C・平平平仄仄。D・仄仄仄平平。七律的四種平仄格式也是由四種基本句型錯綜交替而成，即：A・平平仄仄平平仄。B・仄仄平平仄仄平。C・仄仄平平平仄仄。D・平平仄仄仄平平。這四種基本的平仄句型或粘或對，相間相重，一聯之內，平仄相反，兩聯之間，聲韻相承，組成了律詩格律既整齊穩當又變化多姿，既對立又統一的特點。絕句格律亦如此。

　　在五言的四種基本平仄句型中，除了 B 型（平平仄仄平）外，其他三種第一個字聲調均可平可仄。在七言的四種基本平仄句型中，除了 B 型（仄仄平平仄仄平）外，其他三種第一、三兩字的平仄亦可靈活處置。世俗流傳的關於近體詩平仄格式的「一三五不論，二四六分明」的簡易口訣是不準確也不可信的。

　　律詩篇幅介於古風和絕句之間，既不像絕句那麼凝縮，也不像古風歌行那樣橫放，而是取其折衷，兼有二體的特點。因此，既要像絕句那樣講究構思立意，注意提煉，又要像古風那樣講究篇章句法，注意承轉開合。嚴格的聲韻規定和對仗要求，固然增加了律詩創作的藝術難度，同時也使律詩的藝術形式更加雅潔精純，對於

詩人有更大的吸引力。唐代科舉取士試詩賦，其中試帖詩限用五言十二句的長律，這也刺激了律詩一體的發展繁榮，寫作律詩在士人之間很快便蔚然成風，很多詩人專攻且偏擅此體，成為戴着鐐銬跳出優美的舞姿的藝術大師。據學者統計，在 48900 餘首的《全唐詩》中，七律即有 9000 多首，佔將近五分之一，而五律（包括五言排律）更多達 15000 餘首。這就是說，律詩的數量佔《全唐詩》的一半左右。無怪乎清代學者焦循在《易餘龠錄》中感歎道：「論唐人詩以七律、五律為先，七古、七絕次之，詩之境至是盡矣。」

初唐時代，四傑使五律基本成型，沈、宋實現了其格式的規範化，使此一體制趨於成熟。到盛唐時代，五律已在追求表現手段的多樣化和藝術形式的精緻化，王、孟、李、岑諸家佳製已多。七律起步稍晚，其格式至沈、宋才開始定型，至盛唐時代才逐漸成熟。王維、李頎、岑參、高適、祖詠等人又將其推進了一步，形式演化，聲律精研。但在杜甫之前，五七律都不同程度地存在着反映生活面不廣、內容變化較少、題材領域較窄甚至貧乏的毛病。五律詩多用以抒發個人情懷，表現閑情逸致，對社會人生缺乏深刻而豐富的探索，風格也以清曠閑遠為主。七律在沈佺期、宋之問、蘇頲、張說等人筆下，多是宮廷應制歌功頌聖之作，風格高華典麗或

秀贍朗潤。盛唐諸人將七律的題材表現領域推廣開來，從奉和應制到即景抒懷、寄贈送別、登臨懷古、邊塞行役等，風格上也較多變化，但仍然囿於個人的生活和情感。以律詩反映廣泛的社會現實、抒寫複雜的時事政治的詩人和作品在杜甫之前可以說是寥若晨星。

杜甫對古典詩史的重大貢獻之一就是開拓了律詩的藝術天地，挖掘了律體潛在的表現能力。他突破了律詩傳統的題材領域和表現方法，在內容和形式上多方面進行革新改造。他不僅自覺地以律詩表現現實政治，表達自己的政治立場和憂患意識，而且把題材擴展到社會人生和時事評論的各個方面，身世感慨，山川風物，文物古跡，人情世態，無所不包。他不僅在遣詞造句、屬對和聲、謀篇佈局、音律體制等方面各有創獲，而且善於在寫景抒情中融入敍事和議論。他還創作了一系列七律聯章體組詩，如《秋興》八首、《詠懷古跡》五首、《諸將》五首等，以爐火純青的創作技巧，難以想像的情感容量，耐人咀嚼的語言風格，震撼人心的藝術感染力，樹立了七律的藝術榜樣。杜甫七律風格或沉鬱頓挫，或疏放明暢，或拗峭挺拔，都對後代的律詩創作產生了深遠影響。律詩在杜甫手裏真正展現了其博大精深的美學境界。就杜甫本人而言，七律成就比五律大。

中唐時期，大曆十才子的律詩創作大抵回歸盛唐詩

人的路數，一意追求氣度安詳，意象渾融，修辭精整，聲律妥帖，而缺乏蒼勁健拔之氣。元和時代，杜律的影響通過元、白、韓、孟諸人得以貫徹。大體上說，韓愈得其沉鬱，孟、賈得其拗峭。孟、賈二人尤工五律，致力於字句鍛煉。元、白得其清暢，有時流於淺近。柳、劉得其峻峭挺拔。總之是皆有心得，各有千秋。

晚唐詩人喜作律詩，律詩形式被雕刻磨煉得日益圓整精純，律詩藝術也被發揚光大。李商隱、杜牧、溫庭筠、韓偓等人在杜甫律詩的沉鬱頓挫中摻入麗密的修辭，變化出精純的晚唐律體作風。在以七律寫時事方面，李商隱、韓偓是杜甫的傑出繼承者。李商隱的詠史詩、感事詩和無題詩，都在杜甫律詩的基礎上別開生面，推陳出新。他的無題詩或不標詩題，或取句首二字標目，深情綿邈，幽麗精微，對唐代律詩史有獨創性的貢獻。杜牧律詩時見豪健之氣。溫庭筠律詩以麗密見長。杜荀鶴、羅隱、鄭谷、秦韜玉等人以律詩紀實敍事，平易中暗藏鋒芒。律詩在晚唐煥發光輝，主要是因為它給予衰颯之世的詩人提供了精緻地寄託情思、藝術地排遣時光的空間和機會。

自元代楊士弘所輯《唐音》面世以來，長律又稱排律。此體將律詩中間兩聯放大，除首尾兩聯外，中間各聯一律對仗，聲調上遵守律詩的平仄粘對原則。由於

律詩有韻腳字不得重複等拘忌，而韻腳字又有定數，長律很難寫得很長，否則容易板滯。長律多為五言，最常見的是五言十二句的試帖詩，七言排律極為罕見。長律多用於投贄獻納或者詩友應酬，在這些場合正需要因難見巧，顯示功力。投獻的如杜甫《奉贈韋左丞丈二十二韻》、《敬贈鄭諫議十韻》。應酬的多為聯句，如韓、孟《城南聯句》，白居易、劉禹錫、王起《會昌春連宴即事》，皮、陸《寂上人院聯句》。這類詩多屬遊戲筆墨，常逞博鬥奇，故應景句工，而肺腑語少。

四

織錦雖云用舊機，抽梭起樣更新奇

──雜體

織錦雖云用舊機，

抽梭起樣更新奇。

　　　　　　──方干《贈進士章碣》

　　雜體詩是指在句型、句法排列、聲律音韻或創作方法等方面不守故常，甚至有意追求形式奇特的各類詩體，其名目繁多，多創始於漢魏六朝，唐人間有繼作。它們雖然不是唐詩的主體，卻也體現了唐詩的豐富多

樣。我們不妨在此駐足片刻，流覽一二，以廣見聞，資
談助。

　　從每句字數上說，除了常見的五七言詩和以五七言
為主的雜言詩，唐詩中還有為數不多的三言、四言、六
言、三五七言，一字至七字（九字）詩和雜言騷體詩。
下面各舉一例，分述如下：

　　三言詩每句三字，如李賀《古鄴城童子謠》：

鄴城中，暮塵起。探黑丸，斫文吏。
棘為鞭，虎為馬。團團走，鄴城下。
切玉劍，射日弓。獻何人？奉相公。
抉軫來，關右兒。香掃途，相公歸。

　　顏真卿、皎然、李萼等人多次用三言作聯句詩，如
《三言喜皇甫曾侍御見過南樓玩月》、《三言擬五雜組聯
句》、《三言重擬五雜組聯句》等。

　　四言詩在《詩經》之後逐漸衰微，自三國曹操及晉
代嵇康、陶淵明之後，罕有名家名篇。唐代郊廟歌辭多
用四言，王勃、柳宗元、皮日休等人亦作有四言詩，但
總數不多，藝術品質也不高。司空圖《詩品》可以看作
是二十四篇四言詩，意境頗為優美，可惜目前對這一作
品的真偽還有爭議。至於舊題孫思邈《四言詩》「取金之

精，合石之液，列為夫婦，結為魂魄」云云，只能說是押韻的散文而已。

　　六言絕句、律詩時有所見。六絕如王維《田園樂》二首：

菶菶芳草春綠，落落長松春寒。
牛羊自歸村巷，童稚不識衣冠。
（其一）

桃紅復含宿雨，柳綠更帶溪煙。
花落家僮未掃，鳥鳴山客猶眠。
（其二）

　　六律較六絕少見，藝術上也不很成熟。舉劉長卿《苕溪酬梁耿別後見寄》為例：

清溪落日初低，惆悵孤舟解攜。鳥向平蕪遠行，人隨流水東西。白雲千里萬里，明月前溪後溪。惆悵長沙謫去，江潭芳草萋萋。

　　三五七言詩，全篇六句，依次為三、五、七言，各兩句，始於李白《三五七言》（一說起於隋代鄭世翼，此

詩亦為鄭作）：

秋風清，
秋月明。
落葉聚還散，
寒鴉棲復驚。
相思相見知何日，
此時此夜難為情。

　　劉長卿《新安送陸澧歸江陰》亦屬此體。權德輿《雜
言賦得風送崔秀才歸白田限三五六七言》在三五言與七
言之間插上兩句六言，是三五七言的變體。
　　一字至七字詩又名一韻至七韻詩，格式與三五七言
相近。全篇由一字至七字（有時多至九字）句依次排列，
各兩句（一字句有時只一句），往往對仗，分行排列，形
如寶塔，故又稱「寶塔詩」。此體在中唐時代頗為流行，
傳說白居易東赴洛陽時，元稹、李紳等詩友餞別於興化
亭，酒酣耳熱之際，各賦一字至七字詩，以題為韻。白
居易所作題為《詩》亦以詩為韻：

詩。
綺美，

瑰奇。

明月夜，

落花時。

能助調笑，

亦傷別離。

調清金石怨，

吟苦鬼神悲。

天下只應我愛，

世間惟有君知。

自從都尉別蘇句，

便到司空送白時。

　　劉禹錫有《歎水別白二十二，一韻至七韻詩》，即以水為題，也以水為韻。張南史作有一字至七字詩六首，其中題為《雪》的一首較有情韻：

雪，

雪。

花片，

玉屑。

結陰風，

凝暮節。

高嶺虛晶，
平原廣潔。
初從雲外飄，
還向空中噎。
千門萬戶皆靜，
獸炭皮裘自熱。
此時雙舞洛陽人，
誰悟郢中歌舞絕。

中唐嚴維、鮑防等八人作有《一字至九字詩聯句》：

東，
西。
步月，
尋溪。
鳥已宿，
猿又啼。
狂流礙石，
进笋穿磎。
望望人煙遠，
行行蘿徑迷。
探題只應盡墨，

持贈更欲封泥。
松下流時何歲月，
雲中幽處屢攀躋。
乘興不知山路遠近，
緣情莫問日過高低。
靜聽林下潺潺足湍瀨，
厭問城中喧喧多鼓鼙。

雜言騷體詩，如權德輿《雜言同用離騷體送張評事襄陽觀省》：

黯離堂兮日晚，儼壺觴兮送遠。遠水霽兮微明，杜蘅秀兮白芷生。波泛泛兮煙冪，凝暮色於空碧。紛離念兮隨君，泝九江兮經七澤。君之去兮不可留，五采裳兮木蘭舟。

此外，雜體詩又有聯綿體、離合體、嵌字詩、四聲詩、雙聲疊韻詩、疊字詩、當句對詩、迴文詩等多種類型，大抵都是在古體詩的基礎上加以各種奇異的變化。聯句即由兩人或多人共作一詩，各賦一句一韻或兩韻以上，聯成一篇，是一種創作方法，用這種方法可以作雜體詩，也可以作非雜體詩。

　　聯綿體的詩，其上句末與下句首的詞語聯綿相接，循環往復，似斷實連，如韋莊《雜體聯綿》：

攜手重攜手，夾江金線柳。江上柳能長，行人戀尊酒。
尊酒意何深，為郎歌玉簪。玉簪聲斷續，鈿軸鳴雙轂。
雙轂去何方？隔江春樹綠。樹綠酒旗高，淚痕沾繡袍。
袍縫紫鷦濕，重持金錯刀。錯刀何燦爛，使我腸千斷。
腸斷欲何言，簾動真珠繁。真珠綴秋露，秋露沾金盤。
金盤湛瓊液，仙子無歸跡。無跡又無言，海煙空寂寂。
寂寂古城道，馬嘶芳岸草。岸草接長堤，長堤人解攜。
解攜忽已久，緬邈空回首。回首隔天河，恨唱蓮塘歌。
蓮塘在何許？日暮西山雨。

　　聯綿格源遠流長，《詩經》中已有此格，後代民歌中尤其多見，如南朝民歌《西州曲》便已粗具聯綿體的特點。

　　離合詩始於漢末孔融《離合作郡姓名詩》。它根據漢字的偏旁結構原理，把一個字離析成兩個或多個部分，再拼合起來，類似搭積木，又像猜謎語，在詩題中標明答案。或者把一個詞或片語分開成兩個或多個單字，嵌於不同句中，又近似嵌字詩。唐代皮、陸二人唱和的《雜體詩》中就包括這兩種類型。前者如皮日休《奉和魯望

閑居雜題五首·晚秋吟》：

東皋煙雨歸耕日，免去玄冠手刈禾。
火滿酒爐詩在口，今人無計奈儂何。

　　第一句末字「日」與第二句首字「免」合成「晚」，第二句末字「禾」與第三句首字「火」合成「秋」，第三句末字「口」與第四句首字「今」合成「吟」。謎底即標題中的「晚秋吟」。後者如陸龜蒙《和襲美懷錫山藥名離合》二首、《和襲美懷鹿門縣名離合》二首。今舉陸龜蒙《藥名離合夏日即事》三首之一：

乘屐著來幽砌滑，石罌煎得遠泉甘。
草堂只待新秋景，天色微涼酒半酣。

　　其中含有滑石、甘草、景天等藥名，只不過拆散開來，分嵌在前後兩句詩的首尾位置。這實際上已經是嵌字詩和離合詩的複合體了。

　　單純的嵌字詩，所嵌的字詞往往不拆散，如皮日休、陸龜蒙、張賁的《藥名聯句》片斷：「為待防風餅，須添薏苡杯（張賁）。番燃柏子後，樽泛菊花來（皮日休）。石耳泉能洗，垣衣雨為裁（陸龜蒙）。」其中，「防

風」、「薏苡」、「柏子」、「菊花」、「石耳」、「垣衣」等都是藥名。除了中草藥名，這類詩嵌入的詞還有地名、姓名、卦名、數字、十二辰（建除體）、八音等，但唐詩中不多見。

陸龜蒙有《夏日閑居作四聲詩寄襲美》，皮日休和了四首，皮日休作《苦雨中又作四聲詩寄魯望》，陸龜蒙也和了四首。這四組四聲詩都是由平聲、平上聲、平去聲、平入聲四首組成。第一首平聲，全詩用平聲字。第二首平上聲，一句用平聲，一句用上聲。第三首平去聲，一句用平聲字，一句用去聲字。第四首平入聲，一句用平聲字，一句用入聲字。其平仄格式有意與近體詩儘量疏遠。如陸龜蒙《夏日閑居作四聲詩寄襲美・平入聲》，第一、三、五、七句都用平聲字，二、四、六、八句都用入聲字：

端居愁無涯，一夕髮欲白。
因為鸞章吟，忽憶鶴骨客。
手披丹臺文，腳著赤玉舄。
如蒙清音酬，若渴吸月液。

中唐劉禹錫已作有雙聲疊韻詩，純以疊韻（韻母相同）或雙聲（聲母相同）的字詞構成詩句，組織詩篇。

這裏舉皮日休《奉和魯望疊韻雙聲二首》為例：

穿煙泉潺湲，觸竹犢觳觫。荒篁香牆匡，熟鹿伏屋曲。
　　　　　　——《疊韻山中吟》

疏杉低通灘，冷露立亂浪。草彩欲夷猶，雲容空淡蕩。
　　　　　　——《雙聲溪上思》

　　這純粹是為了遷就形式而精心湊合的遊戲文字，但由此也可以看出詩人對漢語言文字掌握的熟練和靈巧。

　　李商隱《當句有對》實際上是一首特殊形式的七律，每句前後部分各自為對：

密邇平陽接上蘭，秦樓鴛瓦漢宮盤。
池光不定花光亂，日氣初涵露氣乾。
但覺遊蜂繞舞蝶，豈知孤鳳憶離鸞。
三星自轉三山遠，紫府程遙碧落寬。

　　晚唐劉駕作過幾首七絕疊字詩，在第四句重疊三字，性質與當句對詩相近，都是只在近體詩的定格上作局部的變異。舉其《望月》一詩為例：

清秋新霽與君同，江上高樓倚碧空。
酒盡露零賓客散，更更更漏月明中。

　　迴文詩是一種順讀倒讀往還反覆皆成詩句的詩體，據說始於晉代傅咸。唐代人不僅用迴文體寫絕句，而且寫作了難度更高的迴文體律詩。前者如權德輿《春日雪酬潘孟陽迴文》：

酒杯春醉好，飛雪晚庭閑。
久憶同前賞，中林對遠山。

　　後者如皮日休《奉和魯望曉起迴文》：

孤煙曉起初原曲，碎樹微分半浪中。
湖後釣筒移夜雨，竹傍眠几側晨風。
圖梅帶潤輕沾墨，畫蘚經蒸半失紅。
無事有杯持永日，共君惟好隱牆東。

　　吳體和變體都屬於律詩的變格，是一種特殊的七律拗體。它全篇各句皆拗，往往不守粘對。其所以稱為吳體，或許是因為此體在當時如果用吳中語調吟誦便可合律。這一名稱始見於杜甫《愁》，原注云：「強戲為吳

體。」其後顧況、皮日休、陸龜蒙等人相繼有作。抄錄杜甫《愁》詩如下：

江草日日喚愁生，巫峽泠泠非世情。
盤渦鷺浴底心性，獨樹花發自分明。
十年戎馬暗南國，異域賓客老孤城。
渭水秦山得見否，人今罷病虎縱橫。

　　晚唐章碣有一首題為《變體詩》的七律，第二、四、六、八句押平聲韻，一、三、五、七句押仄聲韻，形式特異，故稱「變體」：

東南路盡吳江畔，正是窮愁暮雨天。
鷗鷺不嫌斜雨岸，波濤欺得逆風船。
偶逢島寺傍帆看，深羨漁翁下釣眠。
今古若論英達算，鷗夷高興固無邊。

　　中唐蘇渙有幾首五言詩題為《變律》，實際上更接近古風，形式上沒有什麼特異之處，不屬於變體詩。
　　此外，從藝術風格上區分，唐詩中又有宮體、玉臺體、吳均體、齊梁體等；從題材領域上區分，唐詩中又有貓狗詩（晚唐詩人盧延讓專喜在詩中描摹貓狗，形態

逼真，風趣盎然，因此為權貴所賞識拔擢）、婢僕詩（晚唐詩人李昌符作《婢僕詩》50 首，專以嘲諷婢僕為能事，出奇制勝，聲名遂著，因而登第）等，但從本質上看，這些都不屬於雜體詩的範疇。

以上所述雜體詩種種，格式雖然紛紜多變，詩作總量其實不多。雜體詩的很大一部分只是詩人們的遣興之作，遊戲之筆，但是它們同時證明了唐代尤其中唐以後的詩人們對語言藝術形式有着普遍的興趣，他們進行了持久的探索和試驗，取得了並非無足輕重的成績。總之，雜體詩的意義與價值與其說是藝術技巧或思想內涵等內在方面的，不如說是在於語言形式及詩歌體制等外在方面的。

伍

不薄今人愛古人

——唐詩的研究與欣賞

不薄今人愛古人。

　　　　　　　—— 杜甫《戲為六絕句》之五

　　自誕生之日起，唐詩就引起了世人的注目。今天，
研讀唐詩早已成了一門蜚聲中外的顯學。我們無意在此
縷述唐詩學的發展史，只是想從便利一般讀者閱讀與欣
賞唐詩的角度出發，概述歷代唐詩研究的主要成果及其
特點，重點介紹一些書目，提供一些基本線索，希望能
起到一點響導的作用。

一 ——唐詩研究史一瞥

清詞麗句必為鄰

清詞麗句必為鄰。

——杜甫《戲為六絕句》之五

　　唐詩學的發展進程，按照陳伯海《唐詩學引論·學術史篇》的說法，大致可以劃分為五個時期：唐五代為唐詩學的醞釀期；宋金元為唐詩學的形成期；明代為唐詩學的發展期；清代及民國初年為唐詩學的總結期；五四以後迄當代是唐詩學的創新期。這一劃分基本上符合唐詩學發展的歷史實際。

　　在歷史大舞臺上，唐詩的表演尚未結束，對它的研究卻早已拉開帷幕。唐人在日常生活言論中，在序跋、

書信、選本、詩文以及筆記雜著中，發表了許多有關唐詩的精闢見解。可惜的是，這些寶貴的詩歌文化遺產甚多散佚，借用唐詩中的現成句子，幾乎可以說是「流落人間者，泰山一毫芒」（韓愈《調張籍》）。即便如此，它們仍然是後代研究者所依據的第一手資料。唐人置身於唐詩的藝術流程和文化心理氛圍中，或者本身即為詩人，或者是一時朋輩，或為前後雋彥，得以從近距離觀察，常會有深刻的體味和會心的契合。在這一點上，他們對詩歌的別裁品評是後人所不可替代，也是難以逾越的。正因為如此，陳子昂《與東方左史修竹篇序》、盧藏用《右拾遺陳子昂文集序》、白居易《與元九書》以及司空圖《與王駕評詩書》等，雖然只是對唐詩的某一點、某一環節、某一側面或某一片斷的心得體會，卻能切中肯綮，語語精當。也正因為如此，記載唐人軼事而兼有詩文評論的《本事詩》（孟啟）、《集異記》（薛用弱）、《幽閑鼓吹》（張固）、《劉賓客嘉話錄》（韋絢）等筆記小說以及專論唐詩風格或法式的《詩人主客圖》（張為）、《風騷旨格》（僧齊己）、《詩格》（王昌齡）等詩文評著作，雖然有的殘缺不全，有的零亂不堪，但是披沙揀金，往往見寶。也正因為如此，現存的諸種唐人選唐詩對於研究唐詩的流傳、唐人的美學風尚與詩論主張，都有極其珍貴的價值。

　　唐人選唐詩主要有以下十種：據敦煌石室所藏唐詩殘卷影印出版的《唐寫本唐人選唐詩》（編者佚名）；收錄同人作品旨在提倡醇正追求古雅的《篋中集》（元結編）；選錄盛唐詩歌，推崇風骨與聲律兼備的盛唐風貌而兼有評論的《河岳英靈集》（殷璠編）；同樣選錄盛唐詩而側重近體，以風流婉麗為旨歸的《國秀集》（芮挺章編）；選錄中唐近體詩呈憲宗御覽的《御覽詩》（令狐楚編）；肅代兩朝唐室中興，選錄此一時期詩作，反映清新秀雅的大曆詩風的《中興間氣集》（高仲武編）；以清雋秀麗的五律為主的《極玄集》（姚合編）；繼《極玄集》之後主要收錄中晚唐詩的《又玄集》（韋莊編）；選詩取法晚唐，試圖以穠麗宏敞救粗疏淺弱之病的《才調集》（韋縠編）；主要搜羅初唐詩的《搜玉小集》（編者佚名）。這十種書，由中華書局上海編輯所於 1958 年排印出版，上海古籍出版社 1978 年重印，書名為《唐人選唐詩（十種）》。將這十種書薈萃一處，大大方便了讀者。1996 年，傅璇琮先生在此書基礎之上，補入許敬宗等撰《翰林學士集》、崔融編《珠英集》、新輯殷璠編《丹陽集》以及李康成編《玉臺後集》共四種，刪去原收《唐寫本唐人選唐詩》一種，編成《唐人選唐詩新編》，由陝西人民教育出版社出版。新編本不僅對各種選本有較詳細的介紹，而且精選底本，重作校勘，有更高的參考利

用價值。

宋人研究唐詩的成績主要體現在如下三方面：

第一，對唐詩別集的編纂整理、校輯箋注。經過唐末五代的動亂和戰火，加之時代間隔漸遠，唐人別集散佚、缺漏、紊亂的不在少數，宋人熱心地予以校輯整理箋注，並利用新興的雕版印刷術使之廣泛流傳。這不僅便利了當時的唐詩愛好者，更為後代保存了珍貴的詩歌文獻。現存許多唐人詩集都是經過宋人編校整理刊刻而流佈人間的。箋注方面，最著名的有郭知達輯《九家集注杜詩》，魏仲舉編《五百家注音辨昌黎先生文集》、《五百家注音辨柳先生文集》，楊齊賢集注、元蕭士贇補注的《分類補注李太白詩》，黃希、黃鶴父子的《黃氏補千家集注杜工部詩史》等，都有很高的學術性和史料價值。

第二，宋人編纂了幾種大型詩人總集，如李昉等編撰的《文苑英華》，姚鉉編《唐文粹》，郭茂倩編《樂府詩集》，洪邁編《萬首唐人絕句》，趙孟奎編《分門纂類唐歌詩》等，都為唐詩的流傳作出了貢獻。王安石《唐百家詩選》，周弼《唐三體詩》，趙師秀《眾妙集》、《二妙集》，方回《瀛奎律髓》，按各自的藝術理想和美學原則選錄唐詩，體現了其時的詩學風尚和其人的詩學觀點，可謂各有特色。

　　第三，自歐陽修《六一詩話》起，宋人詩話創作蔚為一時風氣，或詮釋章句，或雜記軼事瑣語，或存錄零篇斷句，對後人讀詩品詩，都有不可偏廢的參考價值。張戒《歲寒堂詩話》、胡仔《苕溪漁隱叢話》、阮閱《詩話總龜》、劉克莊《後村詩話》、魏慶之《詩人玉屑》等，都常為人所徵引。最值得一提的是南宋嚴羽所著《滄浪詩話》和計有功所撰《唐詩紀事》。《滄浪詩話》着重從宏觀的角度來分析唐詩的歷史地位、藝術價值和美學特點，如論唐詩有五體，即唐初體、盛唐體、大曆體、元和體、晚唐體，而特別推崇盛唐詩的興趣妙悟和雄渾悲壯之風。可以說，嚴羽創立了唐詩分期的理論框架，並建立了一個比較系統的理論體系，對此後的唐詩研究產生了深遠影響。《唐詩紀事》則建造了一座關於唐詩文獻、唐詩評論以及詩人傳記的巨大的資料庫，同時開創了以人繫詩，兼及生平事跡與藝術評論，匯一代詩歌為一編的詩紀事體的著作體例。這兩部書是宋代唐詩學的突出貢獻之一。

　　金代的唐詩選本中，舊題為元好問所編的《唐詩鼓吹》，是最早的專選唐人七律的選本。元代的唐詩學著作中，楊士弘《唐音》和辛文房《唐才子傳》最引人注目。《唐音》分唐詩為始音、正音、遺響三類和初、盛、中、晚四個時期，並以盛唐為宗主，受《滄浪詩話》影響較

大。其編撰體例、歷史分期和品第思路，採用的排律名目，又對明代高棅《唐詩品彙》產生了直接影響。《唐才子傳》是傳記文獻兼詩文評的著述，略於紀詩，詳於詩人事跡及其品評，搜羅詳備，材料繁富。當代數十位唐詩研究者通力合作，完成了《唐才子傳校箋》，進一步提高了此書的學術價值。

明代唐詩研究碩果累累，各種選本如雨後春筍。各家都借用唐詩選本來宣傳自己的理論主張，擴大影響。明初高棅《唐詩品彙》以四期（初、盛、中、晚）九格（正始、正宗、大家、名家、羽翼、接武、正變、餘響、旁流）為框架，推崇盛唐，構成了一個嚴整的唐詩學理論體系，上承《滄浪詩話》與《唐音》，下啟明代前後七子「詩必盛唐」的模擬復古理論。「後七子」中的李攀龍編有《唐詩選》，以初盛唐詩為主，中晚唐詩極少，頗為典型地體現了其「詩自天寶而下，俱無足觀」（《明史·李攀龍傳》）的詩學觀點，當時風行海內，影響甚大。陸時雍《唐詩鏡》則追求神韻與情境，持論與崇尚性靈情趣的公安派詩人相近。鍾惺、譚元春的《唐詩歸》「大旨以纖詭幽渺為宗，點逗一二新雋字句，矜為玄妙」（《四庫全書總目》卷193《詩歸》提要），也與他們所欣賞的幽深孤峭的美學境界相呼應。此外，如唐汝詢《唐詩解》、周珽《唐詩選脈會通評林》、葉羲昂《唐詩直解》、徐用

吾《唐詩分類評釋繩史》、俞南史《唐詩正》、曹學佺《唐詩選》等也都流行一時。這些選本雖有偏重或疏舛，但都對唐詩的傳播起了積極作用。明人在選本內外對唐詩所作的箋注、評點、議論和研究，在探索詩的藝術手段，分析詩的體格聲調，追蹤詩的流變脈絡等方面，發表過許多精闢的見解，對今天閱讀欣賞唐詩的人仍有有益的啟迪。胡應麟《詩藪》和許學夷《詩源辨體》着重源流體制的辨析，而《詩藪》體系更完善，學術價值亦較高。隨着唐詩學研究的深化和拓展，唐詩全編的纂輯呼之欲出。宋代出現的一些大型唐詩總集和大量刊刻行世的別集選本，已經為這一項工作預作準備。明代人在此基礎上，進一步向目標靠攏，他們不僅編校出版了唐詩合集如《唐百家詩》、《唐五十家詩集》、《唐詩二十六家》等，還推出了幾部大型詩歌彙編，如黃德水、吳琯編《唐詩記》170卷，張之象《唐詩類苑》200卷，吳勉學《四唐彙詩》190卷，胡震亨《唐音統籤》1033卷。《唐音統籤》中的《唐音癸籤》，彙錄前人有關唐詩的詩話評論資料，分類編排，材料宏富，體例良善，滋惠後學無窮。

　　明末清初，著名詩人兼學者錢謙益欲以《唐詩紀事》為基礎，輯成唐詩全編，可惜未竟其功而歿。季振宜得到他的遺稿，又經過十載經營，編成《唐詩》稿本，收

詩 42931 首。然而，季氏也未及看到此書印行就辭世而去。康熙四十四年（1705），康熙皇帝命江寧織造、通政使司通政使曹寅於揚州設局，以季振宜《唐詩》和胡震亨《唐音統籤》為基礎，歷時一年零五個月，編成《全唐詩》900 卷，計收詩 48900 餘首，作者 2200 餘人，各附小傳。這是關於唐詩的空前完備的總集，對於唐詩資料的保存和研究的開展具有十分重要的意義。但此編卷帙浩繁，在當時流通不便，一般讀者亦苦於其玉石混雜。康熙五十二年（1713），又編了一本《御選唐詩》，其後又有徐倬《全唐詩錄》和管世銘《讀雪山房唐詩鈔》，都是《全唐詩》的抄撮精選本，後者影響甚大。此外，關於五代詩及詩文評，也有兩部總結性的著作，即李調元《全五代詩》和鄭方坤《五代詩話》。

　　清代唐詩選本汗牛充棟，不勝枚舉。其中反映神韻派詩論觀點的有王士禎《唐賢三昧集》和《唐詩七言律神韻集》；代表肌理派詩論的有翁方綱《七言律詩鈔》；體現格調派美學思想的有沈德潛《唐詩別裁集》等，都是影響較大的選本。王士禎的這兩種唐詩選本迅速擴大了神韻詩說的影響，《唐詩別裁集》則在修正明代格調派詩論的基礎上，融匯別派詩論中的合理因素，成為較為精要的一種唐詩選本，雖然沈氏執掌選政之時也不免露出道學家的面孔。在這一方面，宋宗元《網師園唐詩箋》

與之有些相似。蘅塘退士孫洙編選的《唐詩三百首》和明代無名氏編撰的《千家詩》性質相近，選詩點面兼顧，富有情趣和溫柔敦厚二者並重，尤其注意錄取那些膾炙人口易於記誦的名篇。《唐詩三百首》在民間迅速流傳開來，幾乎家置一編，後人為之注釋、評析及作補編者絡繹不絕。

清人十分重視唐詩評點，時見精義。金聖歎《貫華堂選批唐才子詩》和馮舒、馮班的《二馮先生評閱才調集》，即是比較有特色、有見解的兩種。錢良擇《唐音審體》、徐增《而庵說唐詩》、管世銘《讀雪山房唐詩鈔》等選本中所附凡例、題解、評論，凝聚了選家多年研究唐詩的心得，後人每將其析出，作為一種詩話單行。

清代樸學空前昌盛，學術名家輩出，他們不僅研治經、史、子三部典籍，用力精勤，在唐詩別集的箋釋考校方面也成績斐然。僅杜詩一家，各式各樣的箋注本不下數十種。其中，錢謙益《錢注杜詩》、仇兆鰲《杜詩詳注》、楊倫《杜詩鏡銓》、浦起龍《讀杜心解》四種各有所長，享譽學林已久。至於其他詩集的箋注，則有王琦《李太白詩集注》、《李長吉歌詩彙解》，馮浩《玉溪生詩箋注》，趙殿成《王右丞集箋注》，顧嗣立《溫飛卿詩集箋注》，方世舉《韓昌黎詩編年箋注》等，後來都成為箋注之學的典範。這些著作集中體現了清代詩學的豐富精

審及其集大成的時代特色。

五四以後，學者不斷吸收採納新方法、新觀念、新理論，唐詩學領域出現了欣欣向榮的新氣象。具體說來，五四以來近九十年的唐詩學進展又經歷了三個階段。1949 年前的三十年，學者運用現代科學方法和文藝理論及美學觀念以研究唐詩，初見成效，出現了一批體現現代人的思想觀念和價值標準，具有歷史感、綜合性、系統性、宏觀性的專題論文、論著或斷代詩史概述。以陳寅恪、聞一多、岑仲勉等人為代表的一批卓有建樹的專家學者脫穎而出。岑仲勉自學成家，一生勤奮，碩果累累。他的貢獻突出表現在對唐代文史文獻的考證整理上，主要成果有《唐史餘瀋》、《唐人行第錄》、《郎官石柱題名新考訂》、《金石論叢》等。有意識地大量採用碑誌史料，是他的研究工作的重要特點之一。聞一多著有《唐詩大系》和《唐詩雜論》，融匯了詩人敏銳的藝術感覺和文學史家的遠見卓識，是能同時給人以美學享受和學術啟迪的優秀學術論著。陳寅恪的唐詩研究，以史證詩，以詩證史，旁徵博引，左右逢源，能從習見的材料中發掘出全新的線索和意蘊，創造性地繼承並發揚光大了乾嘉學風。他的一系列唐詩論著，尤其是《元白詩箋證稿》和《韋莊秦婦吟校箋》，受到學術界交口稱讚，譽為難以企及的名山之作。

　　「文化大革命」前十七年，學者開始比較自覺地運用馬克思主義的理論觀點來研究唐詩，理論水準有所提高，專業研究隊伍顯著加強。唐詩研究初步具有了規劃性和全局性，但由於受左的思潮的干擾，思想觀念上不同程度地存在陳腐的教條和人為的束縛，研究工作難以在面上廣泛展開，在點上持久深入，研究範圍則局限於李白、杜甫、白居易、柳宗元、劉禹錫等少數幾個詩人，研究方法也未免單一。十年動亂中，唐詩研究更被簡單化為政治運動的工具，其嚴肅性和學術性大大削弱。連著名學者郭沫若的《李白與杜甫》，也不免受到這種時代風氣的影響。

　　新時期以來，唐詩學煥發了蓬勃生機，迎來了一個全面繁榮的新階段。首先，唐代文學研究會、李白研究會等學術組織相繼成立，《唐代文學研究》、《唐代文學研究年鑒》、《李白學刊》、《杜甫研究學刊》等專業學術刊物如雨後春筍，這表明唐代文學尤其唐詩研究已進入了一個有組織有規劃的新時期。其次，各種唐詩研究資料的編纂整理受到了空前的重視，不僅出版了陳尚君的《全唐詩補編》，《全唐詩》重編也已經被列為重點科研項目，編輯班子早已組成，編撰工作亦在有序進行。各種索引、研究資料彙編、詩人年譜與評傳、別集箋注本層出不窮，令人應接不暇。有關工具書如傅璇琮等人

編撰的《唐五代人物傳記資料綜合索引》和周勛初先生主編的《唐詩大辭典》，都以學術性和實用性的良好結合，贏得學界的一致好評。第三，研究範圍大大拓寬，不僅大家名家的研究領域門庭若市，新見迭出，以往注意不夠的許多中小詩人也被納入研究視野，有了深入細緻的考察。傅璇琮先生的《唐代詩人叢考》可以說是這一風氣的主要開創者。第四，思想解放，思路開闊，研究觀念的更新和方法的多樣化，是新時期唐詩學研究取得重大進展的重要保證。傳統的文史結合的治學方法如老樹綻放新花，箋校考據輯佚等文獻學的整理研究也不乏專門家，從微觀到宏觀，從哲學、美學、心理學到語言學、新批評、文化研究等，中外古今各種理論方法，或參證，或吸收，或借鑒，或引用，全都派上了用場。第五，以集體合作形式出現的研究成果日益增多，如開創文學鑒賞性工具書先例的《唐詩鑒賞辭典》、傅璇琮先生主編的《唐才子傳校箋》、周勛初先生主編的《唐詩大辭典》等。這種新的學術生產方式充分顯示了博採眾長、集思廣益、快工出細活的獨特的優越性。第六，重視對詩的藝術分析和風格品評，是新時期以來唐詩研究的特徵和進展的表現。隨着商品經濟的日益活躍，配合社會對文化流通的需求，研究者積極走出象牙之塔，致力於唐詩的宣傳普及。眾多類型的唐詩選注本、通俗讀本、

鑒賞集、鑒賞辭典等應運而生。它們都側重於藝術分析和審美批評，這對於繼承和推廣優秀的傳統文化遺產，提高全民族的文化素質、藝術修養和審美能力，即將或已經取得了可觀的效果，並將如漣漪一般繼續擴散它的影響和意義。在這一方面，培養敏銳的藝術感受力，提高賞析語言的可讀性，保證文章的學術性等，仍應作為進一步努力的目標。

二
——唐詩的閱讀與欣賞
每尋詩卷似情親

每尋詩卷似情親。

—— 元稹《酬孝甫見贈十首》之二

　　對一般讀者來說，歷代唐詩學著作浩如煙海，不能也不必一一拜讀。當然，每種選本都有其側重點和特色，都反映了某人、某一詩派或某個文學團體的詩學觀點，難免據一己之好惡決定去取，品第褒貶之間也就難免大相徑庭。了解選本的特點是閱讀的前提。就體裁而

言，有些選本專選古體詩，意在崇尚古雅，如宋代姚鉉《唐文粹》；趙師秀《眾妙集》則只選近體而不錄古體，洪邁《萬首唐人絕句》則專錄絕句一體；清代王士禎《唐詩七言律神韻集》專選七律；顧安《唐律消夏錄》（又名《丙子消夏錄》）專選五律。在甄錄詩人方面，有些選家有意捨大家取小家，或者避熟就生，如北宋王安石《唐百家詩選》即將李白、杜甫、王維、韓愈、柳宗元、劉長卿、劉禹錫、韋應物、杜牧、李商隱諸家詩剔除不選。元代楊士弘《唐音》也認為李白、杜甫、韓愈三大家詩集世間多有流傳，故一概不選。古人針對其時特定的歷史環境、特定讀者的文化基礎，作此變通，未必全無合理性，但在今天則不可亦步亦趨。唐代蔡省風的《瑤池集》（今佚）和清代劉雲份的《唐宮閨詩》是專錄唐代女詩人創作的總集。劉雲份還編有《全唐劉氏詩》，專選唐代劉姓詩人的詩作。還有專選試帖詩的，如清代毛奇齡《唐人試帖》和紀昀的《唐人試律說》；專選詠物詩的，如明末清初聶先、蔡方炳、金希仁等人編撰的《唐人詠物詩選》；有專選省試詩的，如唐人柳玄《同題集》（已佚）和張為《前輩題詠詩》；有專選道家詩的，如五代王貞範《洞天集》（已佚）。這些雖然不是唐詩選本的正格和主流，但亦可備一格。此外，從唐詩分期上看，則初盛中晚相容並包，不偏不倚（至少在理論上）的固然有

之，偏重或獨取某一時期的亦不罕見。明人樊鵬編撰的《初唐詩》只選初唐近體詩，他的同時代人蔣孝編的《中唐十二家詩集》只彙編中唐詩家的詩集，明末龔賢《中晚唐詩紀》和清初杜詔、杜庭珠《中晚唐詩叩彈集》則取中晚而捨初盛。不同的別裁觀點和選錄標準是在不同的詩學理論觀念支配下產生的，選家雖然未必明言，但認真研究並比較異同，不難探知其內心尺度。這或許正是比較對讀各家唐詩選本的樂趣之一吧。

現在通行的比較適合當代讀者的唐詩選本也不少。各人可根據自己的眼光、興趣和需要加以選擇。《唐詩三百首》久負盛名，但原有的注疏比較簡略，今人的新注本中，喻守真《唐詩三百首詳析》和金性堯《唐詩三百首新注》兩種的注析詳略得當，頗便讀者。今人的唐詩選本中，人民文學出版社 1960 年初版的馬茂元選注《唐詩選》，人民文學出版社 1978 年初版的中國社會科學院文學研究所編選注釋的《唐詩選》，上海古籍出版社 1983 年初版的程千帆、沈祖棻選注的《古詩今選》中的唐詩部分，特色都比較鮮明。三種選本選目都比較精當，力圖點面結合，兼顧大家名家和中小詩人，既反映詩史演進之整體的連續性與脈絡，又突出各階段與個體的差異性，在詩人小傳的撰寫、詩篇文字的注析、藝術風格的品鑒方面，言簡意賅，點到即止，全書篇幅適

中，便於吟諷玩味。浙江文藝出版社1999年出版的葛兆光《唐詩選注》，也很值得一讀。該書選目精要，注釋言簡意賅，最見功力的是詩人小傳及詩句解析，分析深入透闢，行文風趣博雅，顯示了突出的學術個性。《唐詩鑒賞辭典》集選本與鑒賞性工具書於一身，其篇幅較大，雖有細密的賞析，卻缺乏詳注。對語文程度一般的讀者來說，結合有注釋評析的選本來閱讀，效果也許會更理想一些。細讀原詩，將自己的體會與鑒賞文章相對照，印證反省，閱讀與欣賞的思路才會開通，鑒賞能力才會提高。

如果你不能就此滿足，或者在你閱讀了各家各體的眾多名篇後，發現自己對某一詩人或某個時期、某種體裁的詩作情有獨鍾，心有偏好，你就應該繼續追尋心中的詩神。唐詩的大家名家的詩集大多有排印本，經過今人整理箋校的全集或選注本並不難找，絕句、律詩也有專門的選本。例如絕句方面，就有沈祖棻《唐人七絕詩淺釋》，劉永濟《唐人絕句精華》，劉學鍇等人編著的《唐代絕句賞析》，黃肅秋選、陳新注《唐人絕句選》，孫琴安編《唐人七絕選》，還有李長路《全唐絕句選釋》等。其中，《唐人七絕詩淺釋》以優美的文筆，細密的賞析顯勝，深入淺出，引人入勝。它常將許多在題材、主題、語言風格以及寫作技巧等方面相近或相反的詩作放

在一起合讀，連類而及，相互參證，舉一反三。這是新時期以來出現的一種很有特色的並深受廣大唐詩愛好者喜愛的唐詩選本兼賞析集。劉永濟《唐人絕句精華》兼收五七絕，選面較寬，入選詩作也比較多，附有簡要注析，欲進一步領略唐代絕句藝術者可於此取資。若還想百尺竿頭更進一步，則可取洪邁《萬首唐人絕句》而讀之。沉浸於詩的海洋中，豈非人生一大快事！

　　關於唐詩的工具書很多。《唐詩鑒賞辭典》、《唐詩精華分類鑒賞集成》（潘百齊編著），主要是作為鑒賞集而出現並存在的。《唐詩大辭典》是關於唐詩的第一部綜合性的工具書。此書正編分詩人、體類、著作、名篇、格律、典故、成語、勝跡八大類，集詩人傳略、唐詩選集、鑒賞評點、詩學術語、詩史知識、唐詩研究成果於一身，既有知識的系統性，又有辭書的實用性，構成了關於唐詩學的一個縝密的知識體系，甚至可以說是一部小型的唐詩百科全書。全書行文雅潔，學風謹嚴，亦堪稱出類拔萃。附錄《唐詩文獻綜述》和《唐詩大事年表》兩種，對於唐詩愛好者和研究者，都猶如恪盡職守的嚮導。《分類目錄》和《綜合索引》，又為檢索本辭典的條目提供了便捷的途徑。讀者不僅可將此書視為一部獨具特色之唐詩選本，在閱讀欣賞唐詩時還可以藉此在多方面釋疑解惑，在某種程度上甚至也可以把它當作唐詩研

究的指南。

　　除了近年來流行的方便檢索的各種電子數據庫之外，已經出版的紙質專題工具書及資料檢索性工具書為數也不少。例如檢索詩篇，有《全唐詩索引》、《全唐詩重篇索引》；檢索詩人事跡，有《唐五代人物傳記資料綜合索引》；檢索詩句的有孫公望編《唐宋名詩索引》；檢索典故，有范之麟、吳庚舜《全唐詩典故辭典》；檢索詩體格律，有王力《漢語詩律學》；檢索唐人別集傳本，有萬曼《唐集敍錄》；檢索歷代唐詩選本，有孫琴安《唐詩選本六百種提要》；檢索歷代唐詩學著作，有陳伯海、朱易安《唐詩書錄》；查閱近年唐詩研究動態，有《唐代文學研究年鑒》等。此外，在中華書局出版的《古典文學研究資料彙編》叢書中，《杜甫卷》、《白居易卷》、《柳宗元卷》及《韓愈資料彙編》等，輯錄歷代有關詩人的傳記評論考述文字，一編在手，可免大海撈針式的翻檢之勞。而有關詩人年譜、評傳、研究論文集更是深入探尋詩人生平、心靈及其創作的重要憑據。陶敏、李一飛合著《隋唐五代文學史料學》也為我們提供了很多這方面的資料線索。

　　詩無達詁，對一首詩有不同的理解是很正常的。這是由詩歌語言的含蓄、模糊、多義的特點決定的。詩人既然沒有明確說明其詩是否有比興，更沒有指出其具

體寄託的含義，那麼，讀者就有權力也應當根據自己的語文知識、文化素養，結合自己的人生經歷和審美體驗，充分展開藝術想像的翅膀，去捕捉詩人心弦顫動的旋律，破譯語義的密碼。詩人之心未必然，讀者之心何必不然。以意逆志，從現在出發去探尋過去，以我心為基點體味彼心，詩歌欣賞者應當理直氣壯地運用這個權利。因此，詩的欣賞不僅是怡情養心的文化消費，在本質上更是心靈活力的證明和實現，是富有藝術性、挑戰性和創造性的活動。當然，這是以排除了詩歌語言的表層障礙為前提和基礎的。例如對韓愈《晚春》詩的理解，便有見仁見智的不同。詩曰：「草樹知春不久歸，百般紅紫鬥芳菲。楊花榆莢無才思，惟解漫天作雪飛。」劉永濟先生覺得，「玩三四兩句，詩人似有所諷，但不知究何所指」（《唐人絕句精華》第132頁）。有的人贊成劉說，並進一步落實具體所諷的人事，有的人則完全不同意，認為這僅僅是一首寫景活潑而有趣的小詩。詩歌的意義是在一定範圍之內、一定條件之下生成的，詩歌語言又富有象徵性與暗示性，當史料缺乏，不能確定詩歌意義的生成範圍與條件時，詩的意義往往難以確指。在這種情況下，要忌呆滯，求圓通，看來只有學陶淵明的不求甚解了。

這當然不是鼓勵和提倡囫圇吞棗、含糊了事的讀詩

態度。相反，讀詩是無論怎麼細心、認真也不過分的。除此之外，還要有一定的知識儲備。首先是語言知識的儲備。唐詩畢竟是用古代漢語寫作的，學好古代漢語，掌握這一語言工具是十分必要的。而廣泛閱讀、大量記誦優秀詩篇，也不失為提高古漢語閱讀和理解能力的有效方法之一。除了可以借助既有的注釋評析外，《辭海》、《辭源》、《漢語大字典》、《漢語大詞典》等辭書也可以幫助我們解決字詞方面的疑難點。而《太平御覽》、《藝文類聚》、《初學記》等類書及《佩文韻府》、《駢字類編》等書，在查找詞語典故出處時也很常用。掃除了語言文字方面的攔路虎，方能進而窺探詩的大旨。

其次是歷史知識的儲備。詩以藝術的方式，典型、形象、深刻地記敍歷史的某一側面或某一片斷過程，可以印證歷史，充實歷史，闡釋歷史。這既包括詠史詩，也包括其他吟詠時事的詩。如果對歷史尤其唐史比較熟悉，就能澄清詩的本事背景，加深對詩的理解。陳寅恪《元白詩箋證稿》之所以能以史證詩、以詩證史，見他人所未見，發前人之未發，是因為他既對元白詩作爛熟於心，又對唐代史事瞭若指掌。唐詩的許多篇章涉及典章制度、職官地理、風俗習慣等，讀者也需要了解一些這方面的歷史知識。新／舊《唐書》、《資治通鑒》、《輿地紀勝》、《元和郡縣圖志》、《唐會要》、《唐兩京城坊考》

等書都是比較常用的參考書。唐人還習慣以排行稱呼對方，如稱白居易為「白二十二」，稱元稹為「元九」等。欲知究竟，可查閱岑仲勉《唐人行第錄》。

　　其三是儲備關於詩歌格律、詩史以及文學史、文學理論等的知識。由選本選集而到別集總集，由點及面，由部分而整體，逐漸擴大閱讀面和知識面。閱讀唐詩固然也能獲取詩史和文學史的知識，但這是不夠的，還應該參閱前人有關詩史、文學史的著述。杜甫《戲為六絕句》云：

庾信文章老更成，凌雲健筆意縱橫。
今人嗤點流傳賦，不覺前賢畏後生。（其一）

王楊盧駱當時體，輕薄為文哂未休。
爾曹身與名俱滅，不廢江河萬古流。（其二）

縱使盧王操翰墨，劣於漢魏近風騷。
龍文虎脊皆君馭，歷塊過都見爾曹。（其三）

才力應難跨數公，凡今誰是出群雄？
或看翡翠蘭苕上，未掣鯨魚碧海中。（其四）

不薄今人愛古人，清詞麗句必為鄰。
竊攀屈宋宜方駕，恐與齊梁作後塵。（其五）

未及前賢更勿疑，遞相祖述復先誰？
別裁偽體親風雅，轉益多師是汝師。（其六）

　　我們從中獲知詩聖對文學遺產和文學傳統的態度，
對當代詩壇英傑的評價和對於後來的詩人們的囑咐期
望。確實，這六首詩給我們提供了豐富的文學史材料，
而欲求得詩之真諦，又離不開對文學史尤其詩史發展的
了解。現代學者郭紹虞著有《杜甫〈戲為六絕句〉集解》，
比觀各家學說而詳加辨析，並以杜證杜，發明新義，其
材料與觀點多有可取，其態度與方法對讀唐詩者更有示
範意義。

　　中國傳統詩學既提倡以意逆志，提倡在鑒賞闡釋
過程中儘量發揮個人的主觀能動性，又強調知人論世，
綜合詩人的時代環境、身世經歷和個性品質來考察詩
作，盡可能貼近詩人的時代，準確地把握詩心，反對望
文生義，隨意詮釋。一首詩是否有比興寄託，是否託古
諷今，指桑說槐，固然要透過字裏行間仔細揣摩，知人
論世也很關鍵，有時甚至是決定性的步驟。詩歌的創作
年代，詩人的創作習慣、藝術風格及當時的處境心情等

等，對我們作出正確的判斷都有指導作用。儘管有些詩的意旨因材料不足和詩作本身朦朧模糊而難以確認，如前舉李商隱《錦瑟》一詩，但是在條件許可的情況下，仍不可省略知人論世的基本步驟。捕風捉影式的妄語等於誣陷或羅織，而淺嘗輒止式的輕言則屬於粗率和不負責任，顯然都辜負了詩人的匠心。過猶不及，惟有慎重折衷，適可而止，方能得其情實。

在政壇風雲突變、仕宦開始失意的大和三年（829），白居易寫了一首《繡婦歎》：

連枝花樣繡羅襦，本擬新年餉小姑。
自覺逢春饒悵望，誰能每日趁工夫。
針頭不解愁眉結，線縷難穿淚臉珠？
雖憑繡牀都不繡，同牀繡伴得知無？

詩中透露出內心的苦悶與難言之隱，使人很難相信它只是一首單純的描寫繡婦的詩篇。實際上，這首詩正是白居易沉浮宦海的憂傷鬱悶心情的真切寫照，託諷之意相當明顯。綜合白居易的生平經歷與思想感情、他本人及其友人同時的其他詩篇來看，這種推斷是可以成立的。唐代詩人尤喜寓感懷於詠物、詠史、懷古、寓言諸類詩中，通過自然界外物，通過歷史人物、事件，通過花鳥

禽獸，寄託喜怒哀樂，冷嘲熱諷。「漢皇重色思傾國，御宇多年求不得」（白居易《長恨歌》）之類以漢為唐的筆法，也是唐詩中常見的託古寄諷手法之一。

在閱讀和欣賞唐詩的過程中，不以文害辭，不以辭害意，也是應當注意的一點。誇張是詩中常見的文學修辭手法，對於成功地表情達意，往往能起到其他手段所不能達到的突出而強烈的效果。杜甫《古柏行》有「霜皮溜雨四十圍，黛色參天二千尺」兩句，以誇張之筆表現古柏偉岸挺拔的風姿。詩仙李白尤其喜用而且善用誇張，《蜀道難》中的「蜀道難，難於上青天」，《夢遊天姥吟留別》中的「天臺四萬八千丈」，《北風行》中的「燕山雪花大如席，片片吹落軒轅臺」，《秋浦歌》中的「白髮三千丈，緣愁似個長」，都是十分著名的例子。理解這些詩句時，切不可膠柱鼓瑟，以數學中的數量觀念來計量評說。詩歌是形象思維的產物，在閱讀和欣賞中也必須通過形象思維來還原，這是顯而易見的。詩歌創作中的其他修辭手法，如互文見義、首尾呼應、倒裝、伏筆等，亦當用心觀察體會。

近體詩在對仗、平仄、粘對、用韻等方面有謹嚴的格式要求。閱讀唐詩中，注意詩人如何模範地遵循這些規則，隨心所欲不逾矩，以及他們如何大膽地破除規範，巧妙革新，真是一樁有趣的事。對仗有多種名目，

有各色講究，不僅形式精妙令人激賞，用心靈巧更使人讚歎。在這方面，杜甫以後的律詩作者多是熟能生巧的高手。一般地說，律詩首尾兩聯一起一合，多用於交待緣起，繳足題面，點出詩旨，而中間兩聯偏重生發鋪陳，在千錘百煉中體現藝術功力，常有雋語秀句可摘。杜甫在成都拜謁諸葛亮祠堂時，寫過一篇七律《蜀相》：

丞相祠堂何處尋，錦官城外柏森森。
映階碧草自春色，隔葉黃鸝空好音。
三顧頻煩天下計，兩朝開濟老臣心。
出師未捷身先死，長使英雄淚滿襟。

首聯點明武侯祠之所在，中二聯分別摹景抒情，感物思人，景中寓情，勾勒了祠堂周遭的景致，總結了諸葛亮一生的功業，筆墨極為精練，歷來傳為名句。尾聯則以崇敬糅合傷悼作結，點明題旨。一般來說，從近體詩的平仄粘對方面，可以看出詩人如何精心安排字、詞、句，如何和聲協律，如何故作拗折以追求奇峭。至於古詩中的換韻之處，往往是層次更迭、結構銜接的重要環節，不可輕易滑過。平仄韻交錯使用，意在造成聲調的起伏抑揚，鏗鏘美聽。險韻長律的冒險，旨在顯示學殖的深厚，才力的豐潤。在揣摸品味中，我們對詩人的靈

心慧筆、文心藝膽當有更深的體會，不由得產生欽佩景仰之情。

　　不管是長篇古風，還是只有寥寥數十字的律絕，都要講究謀篇佈局。把握詩篇章法，分析層次，對理解詩意大有幫助。詩人向來重視章法結構的經營，甘拋心力。其中有定式，也有變格，值得探尋玩味。古體詩章法變化較多，難以一概而論。律詩章法結構有一個大致的範式，明清時代的詩論家借用他們所熟悉的八股文的章法術語，把這一範式概括為起、承、轉、合四個字。起要放得開，有遠勢，下面才好大做文章；承要接得穩，承上啟下，兩頭兼顧；轉需要善於變化，使詩別開生面，峰迴路轉，柳暗花明；合則要求能夠將全篇收束起來，而且情韻悠永，這樣就可以使尺幅具千里之勢，寸箋涵不盡之意。這裏面含有樸素的藝術辯證原理。律詩佳製往往與這些規則暗合，實非偶然。例如杜甫的五律《江漢》：

江漢思歸客，乾坤一腐儒。
片雲天共遠，永夜月同孤。
落日心猶壯，秋風病欲蘇。
古來存老馬，不必取長途。

首聯點明身份與境況，是起；頷聯慨歎生涯飄泊無依，是承；頸聯轉出新意，以壯心復蘇振起前篇；尾聯合攏，進而在頑強不息的慷慨情懷中寄託綿遠的希望。但並不是所有律詩的構思都可以生搬硬套這一範式來賞析，應當靈活對待。絕句常見的是兩句一轉，構成兩個層次，如李白《蘇臺覽古》：「舊苑荒臺楊柳新，菱歌清唱不勝春。只今惟有西江月，曾照吳王宮裏人。」前兩句寫昔日繁盛，後兩句寫當今衰颯荒涼，古今對照，揭出覽古致慨的主題。又如王維《九月九日憶山東兄弟》：「獨在異鄉為異客，每逢佳節倍思親。遙知兄弟登高處，遍插茱萸少一人。」前兩句是己方，後兩句是對方，彼我映現。這兩首詩都在第三句轉折，前兩句和後兩句分屬兩個層次，比例均勻。但也有例外，如李白《越中覽古》：「越王勾踐破吳歸，戰士還家盡錦衣。宮女如花滿春殿，只今惟有鷓鴣飛。」即以前三句極寫當日之繁華熱鬧，第四句陡轉，以當今的現實的淒涼將昔日的虛幻的榮華一筆抹煞，筆力豪健，結構亦不守故常。總之，詩無達詁，亦無定式，細心品味，認真分析，是可以參透詩心詩境的。

　　唐詩中有很多詩的題材主題相類似，其中有的是同一時代的詩人同題共作或唱酬之作，有的是前後詩人不約而同或故意同中求異。不同詩人在處理同一題材、表

現同一主題時，運用不同的創作手法，呈現出各異的語言風格。不管詩人主觀上有意還是無意，這裏面都存在着優劣高下的對比和才藝的競爭問題。前人研讀唐詩，常常將這類詩作並讀，比較異同，參照發明，這是體會詩人的用心和技巧的絕佳途徑。事實證明，它是一種行之有效的讀詩解詩的方法。沈祖棻《唐人七絕詩淺釋》即是運用這種說詩方法並取得成功的典範。例如虞世南、駱賓王、李商隱等人都有詠蟬詩。同樣詠蟬，虞世南寫的是清華人語，駱賓王寫的是患難人語，而李商隱寫的則是牢騷人語（施補華《峴傭說詩》）。劉禹錫、方干、雍陶等人都有題詠君山的詩，它們都是傳誦已久的名篇。沈佺期、宋之問二人同作有《奉和晦日幸昆明池應制》，據說上官婉兒早已為他們評定了優劣。賈至、王維、岑參、杜甫寫過早期大明宮唱和詩四首。明清以來，對這四篇評頭品足、排定座次的熱心人更多，施蟄存先生在《唐詩百話》中曾就此作了一番梳理總結。程千帆師曾以《相同的題材與不相同的主題、形象、風格》為題，對陶淵明、王維、韓愈、王安石等的四篇桃源詩作了比較研究；又以《他們並非站在同一高度上》（和莫礪鋒合作）為題，對杜甫、高適、岑參和儲光羲這四大詩人的四篇《登慈恩寺塔詩》，進行了比較研究，揭示了不同詩人的藝術個性，探索了題材、主題與形象、風格

及創作方法的關係等理論問題，從而獲得了對這些詩篇的深刻理解。這些都是可以作為榜樣的。雖然我們並不奢望在比較對讀這類詩篇時，每次都能作如此深入的探討，每次都能有這麼深刻的發現。

由此聯想到的是，古人及前輩學者對唐詩的研究成果及欣賞經驗有許多值得我們借鑒和學習。作為研究者、評論者、鑒賞者，他們多數都兼擅各體詩歌創作，積累了豐富的藝術經驗，培養成敏銳的藝術感覺，在詩歌評論尤其是藝術風格的總體把握和個體辨析方面，往往能夠一針見血，鞭辟入裏，看到極其精微玄妙之處。這一點也是值得我們師法的。

唐 詩 入 門

程章燦 著

責任編輯 蕭　健
裝幀設計 霍明志
排　　版 陳美連
印　　務 林佳年

出版

中華書局（香港）有限公司

香港北角英皇道四九九號北角工業大廈一樓 B

電話：（852）2137 2338

傳真：（852）2713 8202

電子郵件：info@chunghwabook.com.hk

網址：http://www.chunghwabook.com.hk

發行

香港聯合書刊物流有限公司

香港新界大埔汀麗路三十六號

中華商務印刷大廈三字樓

電話：（852）2150 2100

傳真：（852）2407 3062

電子郵件：info@suplogistics.com.hk

印刷

美雅印刷製本有限公司

香港觀塘榮業街 6 號 海濱工業大廈 4 樓 A 室

版次

2018 年 4 月初版

©2018 中華書局（香港）有限公司

規格

32 開（185mm×130mm）

ISBN

978-988-8512-22-5

本書繁體字版由鳳凰出版社授權出版發行